心灵花园

牛津大学出版社签约作家、《读者》
杂志签约作家共同抒写少年的心灵
和青春的梦想

幸福 是现在进行时

崔修建 著

山东城市出版传媒集团·济南出版社

图书在版编目（CIP）数据

幸福，是现在进行时 / 崔修建著. —济南：济南
出版社，2019.3
（心灵花园丛书）
ISBN 978 - 7 - 5488 - 3596 - 7

Ⅰ.①幸… Ⅱ.①崔… Ⅲ.①随笔—作品集—中国—
当代 Ⅳ.①I267.1

中国版本图书馆 CIP 数据核字（2019）第 036779 号

出 版 人	崔 刚
责任编辑	张伟卿 马永靖
装帧设计	宋 逸
出版发行	济南出版社
地 址	山东省济南市二环南路 1 号（250002）
编辑热线	0531 - 86131741
发行热线	0531 - 67817923 86922073 68810229
印 刷	山东省东营市新华印刷厂
版 次	2019 年 3 月第 1 版
印 次	2019 年 3 月第 1 次印刷
成品尺寸	150mm×230mm 16 开
印 张	7.25
字 数	74 千
印 数	1 - 5000 册
定 价	49.00 元

（济南版图书，如有印装错误，请与出版社联系调换。联系电话：0531 -
86131736）

幸福，是现在进行时

目　录

第一辑　爱情满天星

爱得纯净 / 2

爱情满天星 / 5

爱的伤害 / 8

玉碎了,还可以瓦全 / 11

陪你走一程 / 14

不止是一份简单的喜欢啊 / 18

远近都是爱 / 20

第二辑　暖透一生的奶酪

有些美丽需要错过 / 24

暖透一生的奶酪 / 26

两角钱的小费 / 30

别松弛了你心灵的琴弦 / 33

云鬓间流溢的深情 / 36

美丽的一跪 / 38

幸福,是现在进行时 / 41

相濡以血 / 44

教育的威力 / 46

第三辑　藏在掌心的秘密

成功的秘诀 / 50

跌倒的地方也有风景 / 52

把自己培育成一粒红绿豆 / 54

那一课叫敬业 / 57

藏在掌心的秘密 / 59

不要省略了泥土 / 63

第四辑　一杯安慰

找到自己生命的亮点 / 68

精彩的是心灵 / 70

贴一枚红色标签 / 72

相信你也拥有一份美丽 / 74

一杯安慰 / 78

报童的一次价值不菲的演讲 / 81

第五辑　收藏阳光

奇迹无处不在 / 86

找到自己的位置 / 89

心灵先到达那里 / 91

每天多领跑 5 米 / 94

收藏阳光 / 99

只是断了一根琴弦 / 103

不妨朝着树节砍下去 / 106

第一辑　爱情满天星

其实，生命中有一种爱，完全可以像藏区的蓝天一样辽阔、澄净，完全可以像牧场的野花一样自然、纯朴。

爱得纯净

那天的《开心辞典》节目中，先后上场的三位选手因实力、定力或运气等，都只答对了一两道题，便遗憾退场了。

第四个登台的是一位在读的女大学生，来自江南水乡的她，脸上挂着一抹羞涩，执意不肯说出自己的梦想，理由是："如果过不了关，说出来就没有意义了。"

三道题顺利过关，主持人王小丫问她这时可不可以说出自己的梦想，女孩莞尔地摇头。而接下来的答题，她将自己的聪颖、机智与沉着发挥得淋漓尽致，即使观众看得一头雾水的那偏题、怪题，女孩也能轻松地对答如流。观众的掌声一次次响起，王小丫也频频颔首赞赏，可女孩始终执拗地不肯宣告自己的梦想。

最后是一道极其复杂的数字推理题，难度陡然加大，还有很短的时间限制。女孩低头望着地面思索了片刻，然后自信地给出了一个答案。

　　这时，王小丫对她笑着说："我先不告诉你正确答案，希望你现在告诉我们你的梦想。要不，万一你答错了，你的梦想就成了秘密。"女孩阳光一样甜甜地笑了，明净的眸子里透着可爱的坚定："我的答案是正确的。"

　　果然，女孩赢了。王小丫伸手向她祝贺。女孩青春的脸上洋溢着喜悦，她轻轻地说："我要给西藏的一位朋友打个电话，我的梦想是送给他的。"

　　他是怎样一位特殊的朋友呢？一向机敏的王小丫按下了免提键，全场肃穆倾听。

　　当粗犷的男音传来时，女孩满怀的激动再也抑制不住了："我在《开心辞典》答题，全都答对了。"那边传来欢喜的祝贺与夸奖。女孩继续说："你不是希望拥有一台笔记本电脑吗？我今天帮你把梦想实现了。"电话那端的他显然始料未及，惊喜得有些语无伦次了："谢谢你记得我的梦想，我代表这里的孩子们谢谢你，暑假再来这里看草海，再来看蓝天吧。""我还要把你的故事告诉更多的人，与你的梦想一起飞翔，我是幸福的，我相信这样的幸福也会感染许多人的。"女孩温柔得如站在痴情的恋人面前。

　　原来，他是女孩在一次去西藏采风时邂逅的牧区小学教师，他师大毕业后偕女友自愿来到那条件艰苦的地方工作。在那里，目睹那对年轻人虽清贫却不乏快乐与充实的生活，女孩恍然明白了——其实，生命中有一种爱，完全可以像藏区的蓝天一样辽阔、澄净，完全可以像牧场的野花一样自然、纯朴。此后，女孩便把他那天不经意说的一句话，牢牢地记在了心中，直到今天以这样特殊的方式，做了纯洁如雪的表白。

由衷的掌声如潮地涌来，现场观众全被女孩演绎的这些美好的情节感动了，王小丫的眼里也闪动着晶莹。是啊，可以想象，这个女孩该是带着怎样真挚、纯粹、深厚的爱意，经过层层预选，一路过关斩将，才走上赛场，并最终赢得心中最大的幸福的。

就在那个繁星闪烁的夏日夜晚，美丽、智慧、善良、单纯的女孩，面对全国的观众，将滚滚红尘中的一份真爱真情，诠释得如此自然、如此清洁、如此扣人心弦。望着荧屏上女孩开心的笑容，我相信很多观众的心田一定会涌入缕缕温馨的清风，那是花蕊般无法拒绝的纯净的爱。

玫瑰代表着激情与浪漫，而满天星则代表着平凡和自然。暖暖的，柔柔的，那种简单而实在的爱情，才是最持久的。

爱情满天星

又一个情人节即将来临，一向对玫瑰情有独钟的我，开始在心里暗暗地嘀咕起来——喜欢浪漫的丈夫，一定不会忘记在大学读书时，他怎样聪明地用一束束鲜艳的玫瑰，击败众多的竞争对手，最终赢得了我的芳心，也赢得了一份令人羡慕的甜蜜爱情。如今，我们结婚三年了，依然感情甚笃。他又正值事业上春风得意之时，经济基础更加雄厚，多少玫瑰他都送得起。这个情人节，他会送我多少朵玫瑰？是3朵，99朵，还是999朵呢？

伴随着满大街随处可见的玫瑰促销大战，情人节如期而至。这时，我突然对周围肆意泛滥的打折或派送的玫瑰踌躇起来——在那些鲜艳欲滴的玫瑰后面，藏有多少纯洁的真爱呢？又有多少人在假借耀眼的玫瑰，掩饰着某种暧昧的思想与情感呢？一想到这些，我便开始为无辜的玫瑰伤感。

早上，朋友就送来了一束束鲜艳的玫瑰，小屋里骤然芬芳四溢。

中午，加了夜班的丈夫驱车从公司回来。他一进门，我便惊诧不已——他手里竟然没有一朵玫瑰，怀抱的是一大捧清一色的满天星。

他故作神秘地微笑着问我："喜欢这些玫瑰的朋友吗？"

抚弄着那一棵棵绿色的小草，俯身嗅一嗅那淡淡的小黄花散发的淡淡的芳香，再望一眼插在花瓶里的那些肥厚浓艳的玫瑰，一滴盈在眼眶的泪珠滑落到唇边。

"怎么了？是我错了，应该给你买多多的玫瑰？"丈夫慌忙拉住我的手。

"好啊，你把我娶到家里，就用这些不起眼的小草来对付我了？"我佯装生气地嗔怪道。

"岂敢，岂敢！玫瑰代表着爱，满天星也代表着爱呀。"丈夫轻轻拭去我脸上的泪痕，将我拉进他的怀中。

"你总是有道理！"我再也忍不住了，不禁破涕为笑。

"原来你心里更喜欢它们，却故意来吓唬我，你这个小调皮精。"丈夫兴奋地把手放到我腋窝里，痒得我连连惊呼告饶。

依偎在丈夫温暖的胸膛里，我们一起再次把目光投向那束满天星，细细地端详那像眨着眼的小星星一样的淡黄小花，两人谁也没有说话。因为我们都知道：玫瑰代表着激情与浪漫，而满天星则代表着平凡和自然。暖暖的，柔柔的，那种简单而实在的爱情，才是最持久的。

果然，第二天，那些艳丽得逼人眼睛的玫瑰就纷纷枯萎凋零了，只有那些淡黄的小星星，还倔强地开着，流溢着一份清纯、简洁的美。

　　几天后，那些衰败的玫瑰早已被扔进了垃圾箱，而那些满天星依然开得很好，换了清水，轻轻拢一拢那细弱的枝茎，一股无以言说的幸福，正从心头一缕缕地涌起。

　　没错，我们耳闻目睹过许多绚丽如玫瑰的爱情，但更多更多的，却是散落在生活中的、随时都触手可及的、零散而琐屑的爱情细节。它们就像那些不起眼的满天星，在默默地向我们讲述着爱情的真谛——就在那些平淡的日子里，就在那些平凡的心灵里，无须渲染的真情挚爱，像汩汩的清泉不息地流淌着。那足以暖透一生的幸福啊，就绽开在我们每个人的身边……

这世间，只有傻瓜才愿意让爱成为一柄伤及自己又伤及爱人的双刃剑。一个愿意为他人付出真爱的人，应该首先学会爱自己……

爱的伤害

他才华横溢，25 岁便拿到了美国名牌大学的博士学位。

他事业成功，轻轻松松地便当上了某大公司的副总经理。

他一表人才，走上街头，常被人误认作某位正当红的电影明星。

毫无疑问，追求他的女孩络绎不绝，其中不乏优秀者，但他一律微笑着予以拒绝——始终没有一个女孩能让他怦然心动。

极其偶然的一次西部之行，在那个著名的贫困县城的招待所，他遇见了那位来自偏远山村的女孩。女孩文静、清纯的举止中，透着一份难以琢磨的美。一见钟情，没有更多的了解，他就那么不可思议地爱上了她。

他在女孩工作的宾馆住了一周，一再向女孩坦陈与她牵手人生的渴望。面对他如火的热情，女孩倒显得颇为冷静，出身卑微的她在省城读过四年中专，曾目睹过许多与金钱联系紧密、与心灵相去甚远的爱情。她清楚自己不过是一个县城招待所的服务员，她与他之间的差距显而易见——尽管她也相信有许多与资历、家庭、财富无关的超越世俗的真爱，但她不敢贸然接受他的爱。她读过许多灰姑娘遇到白马王子的美丽爱情故事，但那些毕竟是故事，她一时还不敢相信那样的故事会发生在自己的身上。

没想到，女孩的拒绝，反倒让他变得更加痴情起来，他又多次借故到那座县城，到她所在的那家宾馆，给她送花，为她写情诗，为她买漂亮的衣服，浪漫的、现实的、物质的、精神的……种种示爱的方式都用上了，女孩仍未交出小心翼翼呵护的爱情。她心里纳闷：他为什么会爱上她呢？他的爱是不是一时的冲动？他的爱会持久吗……一句话，她无法判断他的爱是真是假。

多次遭遇求爱挫折的他，并没有放弃，仍在努力证明自己对女孩的爱真挚得如清风流水，纯洁得如白璧无瑕，连他自己都被自己的那份纯情深深感动了。

某日，他又来到女孩工作的宾馆，向她倾诉自己的心声。女孩有些心动了，但她仍微笑着问了他一句：“我怎么能相信你是真心地爱我呢？”

他认真地说：“我可以把整个心都掏出来给你。”

女孩嫣然一笑：“我的一个姐姐就因为相信这样的誓言，有了至今仍无法摆脱的不幸婚姻。”

“但我说的每个字都是真的，我可以证明给你看。”他扔下这句话，抑郁地回到了自己的房间。

突然间，女孩感觉自己误解了他，有点儿懊悔自己的话伤害了他，她想向他道歉。这时，正好有投宿的客人，她只好先忙前忙后地去接待。

开饭时间过去很久了，见他还没有出来，她有些愧疚地去叩他的房门。往常只要她轻轻一叩门，他准会满面春风地出来迎接她。这一回，任她一遍遍报着名字，急促、用力地叩门，他仍未回应。她预感到某种不妙，忙掏出钥匙，推开门，她惊呼了一声，便晕了过去——他正倒在血泊中，身边是他蘸着鲜血给她留下的殷红的情书……

没错，他选择了割腕这种自戕的方式，表白了对她的忠贞之爱。

此后，她陷入了深深的懊悔、遗憾、自责中，精神几乎完全崩溃了。很快，她便离开了宾馆，悄然来到了一座寺庙。寺庙长老听完她一泣三叹的哭诉，平静地安慰她："孩子，那不是你的过错，你不必为那样不负责任的男人伤心。"

她非常生气地说："长老，你怎么能亵渎他的真爱呢？"

长老阅尽沧桑的目光里透着从容，说："如果他真的爱你，他就不该给你留下一生的痛苦。一个连自己最宝贵的生命都不懂得爱惜的人，怎么能将一生托付给他呢？与其说他给了你爱，不如说他给了你爱的伤害。"

"可是……"她想说如果不是自己的猜疑，就不会有那样的结局了。

长老止住她的话说："这世间，只有傻瓜才愿意让爱成为一柄伤及自己又伤及爱人的双刃剑。一个愿意为他人付出真爱的人，应该首先学会爱自己……"

是的，应该先学会爱自己，然后才能好好地爱别人。渐渐地领悟了爱的真谛的女孩，终于走出了痛苦的泥淖，又开始了新的人生。

滚滚红尘中，平凡的自己，多么像一片孤独的瓦，而一片瓦是无法抵御风雨的，只有和其他的瓦紧紧牵手，组成完美的连接……

玉碎了，还可以瓦全

这是我的朋友子凯和筱敏演绎的一段真实的爱情故事，很纯，很美，开始有几分凄清，结局却是天遂人愿的美好。我曾不止一次地向朋友讲述过他们的故事，每一次讲述时，我都会情不自禁地自问自答一个老问题——既已玉碎，何不瓦全？

筱敏是一个有着很深的古典情怀的女孩，出身书香门第，自幼饱览中外名著，铸就了她鲜明的个性——认真而执着。

大三那年，她一见钟情地爱上了新来的教文艺理论的肖老师。尽管她知道肖老师当时已有女友，她仍义无反顾地向肖老师表白心中那份燃烧的炽烈的爱。肖老师很是感动她的那份纯洁之爱，尽管一再小心翼翼，但他委婉的拒绝，还是让她心痛不已。

本以为随着毕业的来临，她那份注定没有结果的爱情也会无疾而终，可她又报考了本校的研究生，只因为她爱的人在这里。

后来，肖老师和女友结婚了，再后来他们去了南方的一座城市，但她没有因此割舍那份爱，甚至放弃了硕士学位论文答辩，追到了肖老师工作的城市，在他单位附近租了一间小屋，只为能够经常见到他。

在那个纯净的距离上，她爱得那般投入，又是那样的凄苦，那样的憔悴，像一首伤感、动人的诗歌。她与日渐让人怀疑是否有真爱存在的现实，显得那样格格不入。

而这时，还有一个男孩，像她一样的痴情，在苦苦地守望着对她的爱。这个男孩就是我的好友子凯。

十年后的一个冬天，筱敏钟爱的肖老师在一次畅游大海时，被突如其来的巨大海浪吞没了，没给任何人留下只言片语。

人已去，一段情该了断了吧？肖老师年轻的妻子都改嫁了，她却仍抱着从未得到的爱情，不肯再涉爱河，任谁怎样劝说，都无法让她放弃那份多年坚持的守候。

"既然玉已经碎了，那何不让瓦全呢？"我不禁为子凯和筱敏的爱情着急起来，他们都是我的好朋友，尤其是文笔出众的筱敏，更是我为数不多的几个知心笔友之一。虽说我一次次地无功而返，一次次说再不管他们的事了，可我还是做了精心的准备，怀着极大的热情，企图说服筱敏。结果，我再次碰壁。筱敏宁肯守着一份残缺的如玉的爱，也不想再拥有一份完美无缺的爱了。

回过头来，我又开导子凯："天涯何处无芳草，该放弃时就放弃吧。"

"曾经沧海难为水。"子凯竟然和筱敏一样的认真而决绝。

于是，轮到我苦笑着摊开双手，无可奈何地认输了——我的这两位朋友要用行动演绎胜过我笔下的那些爱情故事了。

然而，半年后，我竟惊喜地接到了子凯的新婚请柬，新娘子正是筱敏。婚礼上，看到了筱敏与子凯牵手时那幸福无比的笑容，我忍不住上前逗她："终于还是向子凯投降了？"

"不是向他，是向爱情。"一抹羞涩飞上筱敏的双颊，让她更加楚楚动人了。

后来，我知道了他们爱情的转机竟因为一场意外的大雨。

那天，筱敏到一个偏远的山村采访，突如其来的倾盆大雨，把猝不及防的她浇了个透心凉。她赶紧跑到附近的一户农家避雨，偏偏那农家的屋顶又漏雨，冻得她浑身打战，咬牙强忍着。直到外面的雨已经停歇了，屋内依然是小雨绵绵。她问主人为何屋顶漏雨这么严重，主人懊悔不迭道："因为图美观，花了大价钱买了好看却不实用的铁瓦，当初又没钉好，若是铺上经济实用的红瓦，就不会这样了。"

迎着雨后的阳光，她的目光不自觉地投向了那一片片紧密相连的或青或红的瓦，看着缕缕温馨的炊烟升起，她的心不禁一动——滚滚红尘中，平凡的自己，多么像一片孤独的瓦，而一片瓦是无法抵御风雨的，只有和其他的瓦紧紧牵手，组成完美的连接……

回来的当天晚上，筱敏第一次主动拨响了子凯的电话，告诉他——她心中的碎玉已经撒落于地，她现在想做一片完美的瓦了。

子凯激动得简直语无伦次了——他也是一片瓦，两片并肩承接风雨和阳光的全瓦，会呵护一份新的美好。

于是，很快有了他们美满的结局。

举目周遭，芸芸众生多么像万间广厦上的片片相挨的瓦，简单而生动地错落着。那阳光和风雨中的爱情，因为一份自然、和谐而无比地真实、美好起来，触手可及。

　　漫漫人生，既然相识、相知、相爱、相离都是那样平常，那么，前行的路上，就应该抬起头来，多一些轻松，多一些释然，让更多的阳光洒入心灵……

陪你走一程

　　那时，元元就读于江北的财贸大学，他在江南的师大。同乡会上一相识，便拉开了他们爱情的帷幕。

　　恋爱时节，他们无数次走上松花江上那座行人极少通行的钢铁大桥。漫步在那条窄窄的、两个人紧挨着才能通过的人行道上，任清凉的江风拂面而过，听那铿铿的足音，在空阔的钢铁大桥上回响。浪漫如斯，岂是言语所能形容？

　　那天，两人相依相偎着走在桥上，元元说她想起了那部著名影片《魂断蓝桥》，于是，两人慨叹起影片中那感人的爱情故事，禁不住高声唱起那里面的主题歌——《友谊地久天长》。

　　谁知他心中一直以为今生一定会"执子之手，与子偕老"的元元，竟在大三那年秋天的一个上午，突然告诉他："让我们的关系止于友谊吧。"

　　玫瑰色的初恋结束了，让他痴情的元元退出了他的生活，他却捂着不肯结痂的悲伤，在落叶轻飘的秋风中孤独地踯躅着。

这一天，满怀忧郁的他再次独自走上那座1500多米长的钢铁大桥，坐在桥头，望着悠悠远去的江水带走他刻骨铭心的初恋，却带不走他内心里那无尽的伤感。

"哎，这位同学，我陪你过江桥怎么样？"一个很清纯的女孩不知何时站在了他面前，微笑着望着他。

"是你自己胆小不敢过桥，要我陪你吧？"他戳穿她的小聪明。

"看你一个人寂寞地坐在这里，不如我们一起走一程。"女孩伸手做了一个不容拒绝的邀请动作。

于是，她前他后踏上了空寂的江桥，铿、铿、铿、铿……钢铁大桥上立刻回荡起响亮的足音。

"喂，别在后边磨蹭，我们并肩而行，那才像一对朋友。"女孩热情地招呼他，努力地朝边上靠靠身子，友好地让他挨近她。

"谢谢你的信任。"看着她使劲踩着脚把钢桥踩得震天响的快乐样子，多日沉积在他心头的惆怅，已陡然拂去了许多。

"我也要谢谢你，有缘与你同行。这是我第一次走上这座桥，也许还是最后一次呢。"女孩笑靥如花。

"如果你愿意，我会再做一次护花使者。"他和她走得那么近，时光似乎让他重新回到了恋爱时节。

"那就要看缘分了。啊，前面来火车了。"她有些紧张地抓住他的胳膊，生怕火车撞着似的，其实他们与火车是隔着坚实的护栏的。

轰隆隆的列车迎面驶过，整个江桥都被震颤得仿佛要摇晃起来，女孩下意识地双手捂住耳朵，闭上眼睛，紧紧地靠在他的胸前，呈一副小鸟依人的可爱相。他也站住了，舒展双臂，像呵护自己的小妹妹一样呵护住她。

那不经意间发生的自然的一幕，他和元元曾多次经历过，这一回是重演。他感觉到女孩的心脏与他的心脏相叠在一起，怦怦地跳着，难道又有一个浪漫的故事要发生吗？

列车呼啸着远去了，两个人又恢复了刚才的距离。

"我们刚才是不是挺像一对恋人的？"他的心情灿烂起来。

"别想入非非了，走完这一程，我们就各走各的了。"

"那我真希望这座桥再增长十倍。能告诉我你的名字吗？"

"别那么俗气了，有缘还会相见的，记着某一个秋天，曾有一个女孩陪你走过一程就行了。"她微笑中透着一丝可爱的顽皮。

虽说相识只有短短的十几分钟，可他对女孩的好感已强烈起来，想到她就要像一阵风似的从他身边走过，一缕怅然爬上心头。

"想什么呢？我们的旅途结束了。"女孩轻轻一推，打断了他的思绪，他才蓦然发现不知不觉中他们已走过了长长的江桥。

"谢谢你陪我走了一程，我要到前面换乘公共汽车了，再见。"女孩蹦蹦跳跳地过去钻进一辆公共汽车，从他眼前消失了。

站在桥头，他的思绪还沉浸在刚才的情景中。猛然，他的心底涌入那五个灵动的字眼——"陪你走一程"。是的，女友元元与他相伴着走过了一段青春如诗的路程，不知名的女孩又陪他走过快乐的一程，这都是应该心存感激、应该珍视的缘分啊。

漫漫人生，既然相识、相知、相爱、相离都是那样平常，那么，前行的路上，就应该抬起头来，多一些轻松，多一些释然，让更多的阳光洒入心灵……

谢谢不知名的女孩，让他走出了秋日的忧郁，变得更加成熟。

　　红尘滚滚，沧桑岁月，经历了多少大事小情，见过了多少熟悉或陌生的面孔啊，他还能够如此清晰地记得她当年的发型，还记得她爱穿的那件漂亮的白裙子……

不止是一份简单的喜欢啊

　　与他恋爱时，经不住她的再三追问，后来做了她的丈夫的他，坦言他曾暗暗喜欢过一个女孩，但仅仅停留在喜欢层面。那时，他和她是高二同学，面对班级里最漂亮的那个女孩，他自卑地尚未表白心中的爱慕，那女孩便跟着家人搬迁到南方的一座大城市了。从此，她就再没了音讯。

　　后来，在丈夫一次次动情的讲述中，她记住了那个叫安然的女孩。同时，心里也涌起了一缕淡淡的嫉妒——她都嫁给他那么多年了，他还对那个女孩那么一往情深的样子。虽然她知道，那不过是年少时朦胧的一种纯洁的情愫而已，顶多只能算是爱的萌芽，但她还是很羡慕那个或许一点儿都不知晓他心事的女孩，这么多年过去了，她那圣洁如天使般的音容笑貌，仍在一个早已为人父、为人父的男人心里占着一个位置。

　　应该说，她和丈夫的感情一直都非常好，两人相亲相爱地走过了生活中的风风雨雨，苦辣酸甜都尝过了，彼此的心中仍认为对方是自己今生的最爱。

结婚 30 周年那天，她和丈夫找了一家极富浪漫情调的酒吧，听着柔和的音乐，一起幸福地追忆了一番沧桑岁月中那些难忘的情节。谈及美好的未来，两人满怀信心地憧憬起来，彼此更相信今后的牵手，还会更温馨。

走出酒吧时，丈夫不经意地一回头，目光便在不远处的一个女孩背影上凝住了。虽是短暂的一瞬，但她还是读出了那其中丰富的内容——因为知夫莫过于妻了，何况是他相濡以沫的贤妻呢。

丈夫喃喃自语："真的很像她，很像她。"

"像谁呀？"她故意问他。

"像安然呀，就是我跟你讲过的那个高中同学。那时，她也爱穿这样一件有背带的白裙子，梳着这样的发型。"丈夫兴奋地追忆着。

"是吗？那么多年了，你还记得那么清楚？"她不禁朝走远的女孩背影望去。

谁说那仅仅是一份简单的喜欢啊！

红尘滚滚，沧桑岁月，快 40 年了，经历了多少大事小情，见过了多少熟悉或陌生的面孔啊，他还能够如此清晰地记得她当年的发型，还记得她爱穿的那件漂亮的白裙子……一瞬间，她的心里溢满了感动，为他的那份认真的喜欢。

其实，许多爱情的美丽，就在于隔着一段距离，才有了种种浪漫的情节，才有了种种引人遐思的情趣。

远近都是爱

东北与西南间横亘着多少高山大川呢，可她用手指在地图上那么轻轻地一比画，天堑亦是通途，天涯亦是咫尺了。

就在一次西南之旅中，极其偶然地，她结识了那个不知名的小学校里唯一的老师——那个让她莫名心动的男孩。仿佛遇到了寻觅多年的故知老友，仅仅几句简短的交流，她顿觉有一种热切的召唤从心底涌起——她要义无反顾地走向他。

蜿蜒起伏的盘山路，将他挥手的背影和那缕缕升腾的炊烟模糊成一体了，他的音容笑貌却仍在她眼前晃动着，越是努力地驱赶，相逢时的点点滴滴，越是无比地清晰起来，以至面对着神往已久的美丽的九寨沟，她怎么也无法激动起来了。

她也揽镜自嘲——都近而立之年了，怎么还像一个情窦初开的18岁小女孩似的，情感的潮汐一起，转瞬便汹涌澎湃呢？

竭力自我压抑的结果是适得其反，她不由得抓起电话，但又立刻哑然——身处闭塞之乡的他，并没有给她留下一串接通情感的数码啊。于是，她开始给他写信，一任汩汩的情思泻满那久违的信笺。然后便是长长的期盼，度日如年的滋味莫过于此了。

终于，收到了他那穿山越岭的回信，无边的幸福立刻簇拥了她。以后的日子里，她关了手机，疏远了电脑，与他频频地鸿雁传书起来。遥遥的时空，非但没成为阻隔情感的障碍，反成了拉近心灵的桥梁。

第二年夏天，她再次急切地踏上了向西南行进的列车，倒换了三次汽车，在凹凸不平的山道上颠簸了十几个小时后，她终于又来到了那个让她魂牵梦萦的小山村，站到了那个依旧很破烂的小学校前。

对她的突然到来，他先是愕然，继而脸上浮起一丝苦笑："你看到了，许多地方比我在信里向你描述的还要糟糕。"

"可是因为你，这里有了一道迷人的风景。"看着危房内暗淡的光线，和他那比初见时还要消瘦的面颊，她的心不禁猛地一沉——那是现实与梦幻不可避免的冲撞。

她固执地留了下来，和他一起教书、种菜、砍柴、盖房……

一年后，他和她还是分手了。

可以山高路远的爱情，何以夭折于近切的相处之中呢？绝对不只是物质生活贫瘠这样一个简单的原因。其实，许多爱情的美丽，就在于隔着一段距离，才有了种种浪漫的情节，才有了种种引人遐思的情趣，而一旦消失了中间那不可或缺的距离，无论是时空的还是心灵的，都可能破坏情感寄寓的境界，这也正应了那条美学原则：距离，产生美。

　　没有人会怀疑她曾爱得怎样的痴迷、怎样的炽热如火，在她一次次把爱的缤纷思绪交给绿衣信使时，在她跋涉崇山峻岭赶赴心灵之约时，那是她爱得激情澎湃如滔滔江河；在她蓦然回转身来，重新走回都市时，却是她爱得理智坚决如无语的长堤。

暖透一生的奶酪

第二辑

短暂的人生，需要错过的太多太多，只有那些善于舍弃的人，才会欣赏到真正的美景。

有些美丽需要错过

在师大读书时，有个叫欣欣的女孩因读了我在报刊上发表的诗歌，天真地给我寄来许多爱的信札。我知道她是一个漂亮、清纯的女孩，却没有接受她的爱，因为她当时还只是一名高三学生。我觉得在那个如花的年纪，我们有许多重要的事情要做，但不包括去涉爱河。

于是，我说："我们还年轻，让爱情在路上再等一段时间吧。"

也许我过于理智、冷淡，让欣欣自尊心受了很大的伤害，此后她便再不给我寄信，仿佛我们已是陌路人。而我也在短暂的怅然后，全身心地投入读书、写作之中，且颇有些让大家赞赏的收获。

后来，欣欣考上了北京的一所名牌大学，我那时也已是小有名气的校园诗人，虽说彼此也曾有缘一晤，但已连平淡如水的朋友也称不上了，不曾绽开的爱情已随风飘逝。

再后来，欣欣去了一家外资大公司，我则一边教书、一边当着潇洒的半自由撰稿人，并且有了可心的妻子和可爱的女儿，把一份简单的日子过得津津有味。

大学毕业十年后的一次同窗聚会上，一位多年音讯皆无的朋友谈到了在南方都市里已是白领丽人的欣欣，说她不仅在事业上一帆风顺，而且还拥有了一个令人十分羡慕的温馨家庭。

朋友不无惋惜地说："阿健，假如当初你接受欣欣的爱……"

我淡然一笑道："有些美丽需要错过。"

朋友大惑："错过？错过了不就成遗憾了吗？"

于是，我给他讲了这样一个故事：很久以前，一位旅者前往一个据说极其美丽的地方，经历数年的跋山涉水、千辛万苦后，他已相当疲惫，但目的地依然遥遥无期。这时，有位老者给他指了一条岔路，告诉他美丽的地方很多很多，没必要沿着一条路走到底。他按老者的话去做了，不久他就看到了许许多多异常美丽的景色，他赞不绝口、流连忘返，庆幸自己没有一味地去找寻梦中那个美丽的地方……

其实，短暂的人生，需要错过的太多太多，即使是再完美的收获，也伴着许多的失落。跋涉于生命之旅，我们有限的视野，如果不肯错过眼前的一些景色，那么可能错过的就是前方更迷人的景色，只有那些善于舍弃的人，才会欣赏到真正的美景。

有些错过会诞生美丽，只要你的眼睛和心灵始终在寻找……

如果人人都能慷慨地馈赠他人一份真情，那么我们眼下的日子里，又该增添多少奶酪一样的芬芳呢……

暖透一生的奶酪

她曾暗暗地喜欢过他，但一向自卑的她，从未跟任何人坦露过这个秘密，只是把一份清纯的情感永远地压在了心底。

那时，她和他在那所教学水平极其落后的乡中学读书。她是他的前桌，但两人几乎没说过几句话，因为她那时平凡得实在是太不起眼了，成绩优异的他却一直是老师和同学心目中的焦点。后来，全班唯一考入县城高中的是他，自然他也是全班唯一一个大学生。再后来，他考上了研究生，去了美国。这期间，他和众同学几乎都断了联系。

初中一毕业，她便开始年复一年地侍弄那几亩责任田。20岁那年，她听从父母的安排出嫁了。她嫁的那个男人懒惰又好喝酒，且时常粗暴地打她，打得她身上紫一块青一块的，让人看了心疼。

在一个炎热的夏日，她那喝醉了酒的男人，失足跌落到村外的一条小河里，溺水而亡。后来，她又嫁给了一个老实巴交的男人。安稳日子没过上一年，她的第二个丈夫又不幸在翻山抄近路回家时，被采石场突然炸响的哑炮掀起的石头，砸中了太阳穴，连半句遗言也没留下，就匆匆地撒手而去。

这时，她已是两个女儿的妈妈，小女儿刚刚满月。守着两间破草房，加上一大摊子外债，日子窘迫得让她看上去比实际年龄要苍老十多岁。

村里有人背后说她命硬、克夫，她也困惑：自己的命咋这么不好？怎么连一份艰难日子也不让自己支撑下去？

偏偏在这个时候，更大的不幸又降临到了她的头上——她被检查出患了严重的肝炎，医生叮嘱她一定要少干重活，还要抓紧时间治病，要不然，恐怕……面对那冰冷的诊断书，她欲哭无泪。

在那个飘雪的冬天，她木然地徘徊在村边的冰河上，心冷得如拂面的凛冽寒风。是女儿那一声声急切的呼唤，让她揩去眼角的泪水，拖着沉重的身子走回家中，点燃潮湿的柴火，给漆黑的小屋添一份暖意。

这个春节该怎么过呢？无法挥去的愁绪缠绕在她的心头。

傍黑时分，村主任大声嚷嚷着，给她送来一张寄自美国的贺卡。那是一张十分精致的贺卡，上面画了一块大大的奶酪，还有两行充盈着诗意的话语——真情如奶酪，芳香永远飘逸在岁月的深处。

是那个不曾忘怀的他寄来的漂亮贺卡。他的一语简单的问候，宛若一缕温馨的春风，吹入她几欲绝望的心田。捧着贺卡，她的眼角一阵灼热——这么多年了，难得他还记得她这个同学，记得给她这个藏在山旮旯里的"丑小鸭"送上一份真诚的关心和祝福。

"妈妈，这是什么？"四岁的大女儿指着贺卡上的奶酪问道。

"这是奶酪，很好吃的一种东西。"其实她也只是听说过，从未品尝过奶酪的滋味。

"那我们什么时候能吃到奶酪呢？"女儿的眼睛里闪着渴望的眼神。

"会的，我们会吃到奶酪的，妈妈一定让你们早点儿吃上奶酪。"她紧紧地把一双女儿揽在怀里，一个热烈的希望开始在心头荡漾。

没错，就是那突然而至的一张贺卡，那一语久违的问候，让她骤然感觉到被关切的温暖，感觉到眼前的生活远非自己想象得那样糟糕，还有很多美好的事情等着她去做呢。

一番思虑后，她拿出家中全部的积蓄——50 元钱，买了两对种兔，开始圆一个大大的、又是真切无比的梦。她的勤劳和坚毅，终于感动了上苍。三年后，她成了全县有名的"养兔大王"，100 多平方米的大房子盖了起来，银行里的存款也突破了10 万元，她的病也在北京彻底治好了。

那天，她领着两个女儿走进省城一家精品美食屋，第一次"奢侈"地买了两大盒奶酪，母女三人欢欣地品尝了起来。

真是味道好极了！那股特有的芳香，只有她才能品味出来。

坐在布置得漂亮的卧室里，拧亮台灯，她再次打开他寄来的那张贺卡，轻轻地抚摸着那块诱人的奶酪。她眼睛湿润着，喃喃自语道："谢谢，谢谢老同学，是你冬天里的那一句温暖的问候，才让我拥有了今天的这一切……"

数年后，他偶然得知自己当年不经意寄出的一张贺卡，竟然改变了她后半生的命运，不禁深深地感动了，他决定，从此以后，一定时常想着，给远方所有的朋友都寄上一份真诚的问候与祝福。

这是我最近在回乡的列车上听到的一个真实的故事。在细细地品味时，我蓦然发觉：在我们平凡琐屑的生活中，多么需要那样浸染心灵的情感奶酪啊。如果人人都能慷慨地馈赠他人一份真情，那么我们眼下的日子里，又该增添多少奶酪一样的芬芳呢……

就是那久久温暖我心扉的两角钱的小费，让我懂得了——
一个人，无论其身处怎样的境地，都不应失去梦想，都应该学
会自珍和自强。

两角钱的小费

那一年，家境极苦，我高中没念完，便进城打工了。

没学历、没技术、没特长的我，在农民工如潮、力气不很
值钱的城市里，只能干最脏最累的活儿，只能默默忍受许多鄙
夷甚至是欺辱的眼神，卑微地挣着极低的工钱。可以说，那时，
我真切地品尝到了低层打工者的艰辛与酸楚。

在那个毫无生气的小饭店里，我一个人干几个人的活儿，
还得整天提心吊胆看着老板的脸色，生怕哪里一时照顾不到，
便要承受一顿劈头盖脸的责骂。好几次，我热血上涌，差点儿
一走了之，但最后我还是忍住了，因为像我这样的人找一份工
作太难了，而我的家庭又太需要我每月拿回去的那几百元钱的
工资了。

春节前夕，一个飘着雪花的晚上，店里来了一家三口人，
从他们的衣着打扮和言谈举止中，我一下就猜出他们准是刚从

外地来打工的。

两大碗煮得有点儿过头的面条，再加上几瓣干瘪的大蒜，他们竟吃得香喷喷的，像是吃着生猛海鲜。尤其是那个六七岁的小女孩，边吃边玩着我用拣来的糖纸给她叠的小飞机，叔叔长、叔叔短地跟我攀谈不停。

难得有这样好兴致的时候，在三个陌生的顾客面前，我竟有了见到亲人般的感觉，抑郁多时的心情陡然好了许多。瞧着老板转身出去了，我便给他们加了一碟免费的小咸菜，换来他们一连串的"谢谢"。

闲聊中，我得知他们刚刚从河南来，听说这里修鞋的河南人不少，年轻的夫妇俩也准备支一个修鞋摊。他们畅快地喝着我勤续的白开水，脸上写满了对未来自信的憧憬，仿佛我所讲的那些关于打工的种种艰难，根本没什么了不得的，在他们眼里，似乎挣钱是件挺简单的事情，只要肯吃苦就行。他们还开导我好好干，先学好本领，以后自己出去也当老板。

老实说，以前我从未奢望过自己能当老板，只想着能舒心地打工就很知足了，但听了他们的话，我竟真的有些心动了。

送一家人出门时，那个小女孩突然像想起了什么似的，转身跑到我跟前，把两枚面值一角的硬币塞到我的手里："叔叔，这是我给你的小费，祝你新年快乐！"

我连忙推辞："叔叔不能要你的钱，快攒着过年买好吃的吧。"

"电视里面下饭店的顾客，都要给服务好的服务员小费的，叔叔，你的服务非常好，我应该给你小费，再说了，这是妈妈给我的压岁钱，我想怎么花都可以的。"小女孩仰起头来，两眼黑亮黑亮的，脸上写满了可爱的认真。

"可是，我……我……"我眼角有些灼热，执意要把钱塞给小女孩。

"拿着吧，小兄弟，那是孩子的一片心意。"女孩的父亲用力地握住了我的手，不容推辞地命令我接受这份无比珍贵的馈赠。

他们一家人的身影早已在夜色中消失了，我还攥着那两枚寄满深情的硬币，呆呆地伫立在北方隆冬那纷纷扬扬的大雪中，心里翻涌着一股股无法形容的温暖。

就是那冬夜里小女孩纯净的亮眼睛，就是那久久温暖我心扉的两角钱的小费，让我恍然懂得了许多许多，尤其是我懂得了——一个人，无论其身处怎样的境地，都不应失去梦想，都应该学会自珍和自强。

数年后，像一个梦幻中的奇迹那样，我竟真的拥有了资产近百万元的公司，真的当上了大老板。虽然我再也没见到那位可爱的小女孩和她的父母，但每每看到珍藏的那两枚硬币，我都会无比清晰地回忆起那个冬夜里的那些动人的情节，都会在心底默默地说一声：谢谢，谢谢曾带给我幸福的"天使"。

记得曾读过一部小说，名字就叫《天使在人间》，我却要由衷地说：天使就在我们身边，我们每个人都可以成为自己和他人幸福的天使。

当你松弛了心灵的琴弦，轻易地放弃了自我，不自信地盲从于别人的说法，就很有可能失去正确的方向。

别松弛了你心灵的琴弦

一次音乐课上，大音乐家奥尔·布尔告诉学生：不要演奏任何失调的乐器，因为一旦这样做了以后，你就不会潜心区分音调的各种细微的差异，就会很快地模仿和附和乐器发出的声音。这样，你的耳朵就很容易失灵。

说着，布尔拿过一把看似很普通的小提琴，提醒学生注意听他的演奏，然后判断一下是不是有一根弦松了。拉完一曲，布尔又拿起另一把做工非常精美的小提琴，告诉大家这是一把维也纳著名制琴大师刚刚制作的好琴。他用它把刚才那支曲子又演奏了一遍，然后问学生："仔细比较一下，是不是第一把小提琴有根弦松了，是不是音调有一丝的不和谐？"

一位学生站起来："是的，第一把琴是有根弦松了。"

"没错，是松了一点点，仔细听就能听出来。"另一位学生补充道。

布尔走到后面的一位学生身旁，问他是否也听出来有松弛的琴弦，这位学生肯定地点头附和。接着，他又问了其他学生，他们都说听出来了，第一把琴确实有根弦松了，还有的学生说那琴音都因此有点儿粗糙了。

直到所有的学生都认为第一把琴有根弦松了，布尔才微笑着请大家再听他用这把琴把刚才那支曲子演奏一遍，看看是否能够听出究竟哪一根弦松了。作为对比，布尔还用那把漂亮的琴演奏了一遍。

学生们仿佛受了鼓励，都向前围了过来，紧紧地盯着布尔拉琴的手，竖起了耳朵，希望自己能够在名师面前辨别出那根松了的弦。

布尔刚一演奏完毕，学生们便指着桌上的第一把小提琴，七嘴八舌地争论开了。他们每个人都找到了自己认为松弛的琴弦，并为自己的判断找到了看似很充分的理由。布尔一直沉默地听着学生们的发言，未做一词评判。

过了好长一段时间，教室静了下来，学生们把目光都投向了布尔，等待他揭晓答案，看看究竟是哪一根弦松了。

然而，布尔却举着学生们刚才评点的琴，一脸郑重地告诉他们："大家仔细看好了，这可是一把精制的小提琴啊，三位著名调琴师刚刚把它调试好，根本就没有一根弦是松的。倒是这一把外表做工很精巧的琴，有两根弦都松了，你们看，就在这里。"顺着奥尔的手，大家果然看到了他们没有留意的两根松弛的琴弦。

"啊，原来是这样！"学生们惊讶得一时呆住了。

"你们都轻信了我刚才故意做的那些误导，轻信了那根不存在的虚幻的'松弦'。其实，我真正的用意是要提醒大家——今后，无论是拉琴，还是生活，都要学会倾听，不仅要学会用耳朵倾听，还要学会用心灵倾听，尤其是在那些需要聚精会神的时候，千万不能松弛了你们心灵的琴弦。"布尔语重心长地教诲道。

布尔以其新颖的授课方式，不仅培养出了一大批优秀的音乐人才，还向人们揭示了一个深刻的道理——当你松弛了心灵的琴弦，轻易地放弃了自我，不自信地盲从于别人的说法，就很有可能失去正确的方向。

只有调试好心灵的琴弦，才能演绎好人生的交响乐。音乐大师布尔精彩的一课，穿过岁月，至今仍散发着睿智的芬芳。

一个念头在心中陡然萌生——赶紧回去，也轻抚母亲的发鬓，让一缕爱意沿十指缓缓流淌……

云鬓间流溢的深情

那年春节前夕，我又回到了阔别近20年的故乡。

一日，忽然想起儿时的伙伴大军，便急着出门去看他。在热心的乡亲指点下，我激动地走到三间红瓦房前，轻轻地叩门。一位和气的妇女微笑着迎了出来，她正是大军的媳妇。

进了屋，看见大军正在给他那独臂的母亲梳头。他用那双粗大的手与我用力一握，深深情谊便尽在不言中了。

大军极兴奋地让媳妇倒茶、拿烟，可手里的木梳没放下，一边跟我畅谈着，一边继续为母亲梳头。

他媳妇过来要接他手里的木梳，他摆手止住了，坚持要自己来。

大军的母亲很自豪地告诉我，不管多忙，大军每天都给她梳头，说要给她梳一辈子头，连他勤快、孝敬的媳妇也插不上手。

大军憨笑无语，指法娴熟地梳理、分绺、结绾、做髻、插簪……一步一步，一丝不苟，极认真地做着每一个细小的动作，像一个高级美发师，在悉心地做着发型设计——我都看呆了。

大军忙碌的手忽然停住了，母亲的一根白发牵动了他的心，他慢慢地将它挑出来，屏息，然后轻轻地掂量一下，再猛地一用力，迅捷地将其拔除。一抹笑意，在他的嘴角无以掩饰地浮起。

十几分钟后，梳理完毕，大军母子对镜一笑。霎时，小屋里温馨纷涌。我的心弦似被什么撩拨了一下，暖暖的，是无法形容的感动。

回家的路上，我眼前老是浮现着大军给母亲梳头的情景，那是我回乡见到的最感人的一幕。一个念头在心中陡然萌生——赶紧回去，也轻抚母亲的发鬓，让一缕爱意沿十指缓缓流淌……

老师那美丽的一跪，震撼了村民们蒙昧的心灵，改变了许多孩子的命运。

美丽的一跪

那年，品学兼优的她大学一毕业，就主动申请来到西部一所山村中学援教。

那个山村虽然相对闭塞一些，但自然条件不错，物产也较丰富，村民的生活不富裕也不算穷，只是村民们对教育普遍不大重视，学生辍学现象比较严重。看到许多孩子早早辍学去打工挣钱，她感到非常惋惜，就一家一户登门拜访，苦口婆心地劝说家长们支持孩子读书，但效果并不理想，许多村民很知足地认为：现在挣钱的门路挺多的，得抓紧时间挣钱，山里的人花那么多钱读书不划算。

怎么会有这样的想法呢？她有些不解地问上了年纪的老校长。老校长叹息道："山里人眼睛看得近，只注意眼前的实惠。"

"现在不读书，将来想弥补都来不及啊！"一想到班级辍学孩子在增多，剩下的也大多没心思上课了，她便心急如焚。

"唉，没办法啊，好多老师都努力过，但无济于事啊。"老校长满脸的无奈。

望着远处起伏的大山，一向不肯低头认输的她暗暗告诉自己：不管有多难，也要尽全力劝孩子们返回课堂安心读书。

她知道，要打破村民们根深蒂固的旧观念，必须要先抓典型。于是，她将目光瞄准了陈起。陈起的父亲是村里公认的能人，他家开了一个山野菜加工厂，村里很多大人、孩子都在他的厂子里打工，陈起是孩子们的头。

当她一谈起陈起读书的问题，他父亲便不以为然道："老师，你看我也没读过多少书，日子过得不是也很好吗？"

"你的日子确实过得不错，可是你不能让你的儿子一眼就看到了将来啊。"她说，"陈起是一个很聪明的孩子，他应该有更好的发展。"

"山里讲究实际，我给儿子打一个好底儿，他将来生活也没什么担忧的，就知足了。"陈起的父亲很固执。

她又努力了几次，仍没有说动陈起的父亲。思忖了半天，她决定采取迂回战术。她先找机会跟陈起闲聊天，转弯抹角地讲一些关于读书有益的事情。得知陈起喜欢看人物传记，她便找来一些名人传记主动借给陈起，并与他一起探讨书中人物的人生选择等问题。她还不失时机地夸奖陈起悟性好，若好好读书，将来肯定会有大出息的。渐渐地，陈起对她描绘的美好未来动心了，想回到学校继续读书的愿望一天天强烈起来。

然而，陈起的父母说什么也不肯让儿子回学校读书。那天，陈起流着泪告诉她："谢谢老师，虽然我非常想读书，可是我没那个命。"

"想读书就一定要去读，命运是握在你自己手里的！"她大声地冲陈起喊道。

"可是……"平素很听父母话的陈起低垂着头。

"没有什么可是的,我再去找你的父亲,一定让他答应你读书。"她拉着陈起来到了加工厂。

任凭她说破了嘴,陈起的父亲仍不同意陈起回学校读书。急切之中,她双腿向前一屈,当着众多村民的面,在陈起父亲面前郑重地跪了下来,声音哽咽着:"为了孩子,我求求你!"一瞬间,村民们惊呆了。他们无论如何也不会想到与他们素昧平生的支教老师,竟会用这样尊贵的方式,表达她那执着的信念。陈起的父亲慌乱地扶起她: "老师,你快起来,我答应你就是了。"

她的双眸晶莹闪烁,目睹此情此景的村民们纷纷唏嘘不已,他们终于明白了眼前这位年轻女老师的良苦用心。不久,许多孩子纷纷重返校园。她和老师们欣慰地笑了。

数年后,那所山村中学陆陆续续地考出许多大学生,他们中最优秀的陈起目前已是北大的研究生。在一次演讲比赛中,陈起满怀深情地讲述了她的故事,他由衷地感慨道:"是老师那美丽的一跪,震撼了村民们蒙昧的心灵,改变了许多孩子的命运;是老师那真诚的一跪,让我读懂了知识的尊贵,明白什么是真正的热爱……"

虽然她支教的时间只有短短的两年,但她给那个山村留下了许多动人的话题,尤其是她那美丽的一跪,已烙印般地铭刻在了许多人心中,成为一道感动岁月的风景。

真正的幸福，永远是触手可及的，因为幸福更喜欢现在进行时。

幸福，是现在进行时

英语课上，新来的外教珍妮老师请同学们讲述自己认为最幸福的时刻。同学们有的讲起了童年幸福的往事，有的讲起了初恋时的幸福情景，有的描述了梦中想象的幸福景象，还有的设计了幸福的模式……仔细地倾听着同学们认真的讲述，珍妮老师始终微笑着，不置一词评价。待同学们表述完后，她在黑板上用英文写下这样一句话：幸福，是现在进行时。

"幸福，难道不可以是过去时和将来时吗？"同学们立刻提出了质疑。

"当然可以，但没有现在进行时，便没有真正的过去时和将来时。"珍妮坚定的话语中，透着耐人寻味的思辨色彩。

"可是，人们为什么喜欢憧憬幸福的明天，喜欢回味幸福的往昔呢？"一个男同学仍大惑不解地追问。

珍妮没有直接回答这个问题，而是讲了自己的故事。

曾经，她梦想自己能够拥有那样的生活：有很多的钱，很多的时间和精力，自由地周游世界各地，结交一大帮可以倾心交流的好朋友，拥有一个理想的爱人，和他携手相爱一直到老。

可是，她的家境一直很贫穷，她甚至差一点儿读不完大学。毕业后，她只能拼命打工赚钱养家糊口，根本没有时间去那些交友的场合，更不要说是外出旅游了。自然，在她忙碌的那个小圈子里，是很难遇到梦中的知心爱人的。

于是，她不无忧郁地感慨："我的幸福，在远方，在遥遥无期的远方。"

"你的幸福，明明就在你的手边嘛，就在此时此刻啊。"在秋日的一个午后，一位保险推销员不容置疑地告诉她。

"可是，此时此刻，我感觉到的并不是幸福啊。"珍妮有些茫然不解。

"那是因为你还不懂得把眼前的每一分钟、每一个行动，都看作是通向幸福的必经之路，还没有学会品味追求过程中的点点滴滴的幸福。"接着，保险推销员引导珍妮将目光投向周围的人们。于是，珍妮在建筑工的笑声中，在孩子清脆的读书声里，在晒太阳的乞丐脸上，在那些步履匆匆的职员身上，在那互相搀扶着走向夕阳的身影上，都读到了保险推销员所说的真实无比的"幸福"。

她恍然明白了：幸福，就在每个人的手上，阳光一样真实地流淌着。就在自己认为琐屑的那些小事中，正藏着许多的幸福，只是她眼睛总是过于关注前面了，对散落在生活中的那些细小的幸福，有些视而不见了。

再后来，珍妮开始快乐地读书、工作、赚钱，幸福地雕琢着每一寸光阴。终于，她如愿地走到了国外的课堂上，拥有了许许多多的学生和朋友。她曾经的梦想正在手上一点点地化为现实，最重要的是她感觉到了幸福正与自己形影不离……

珍妮仅仅教了我们几节课，没过几年，其讲课的内容很快都被我们忘记了，但她的故事和她的那句"幸福，是现在进行时"，却深深地留在了许多同学的心中。

诺贝尔奖获得者马尔克斯曾经说过："真正的幸福，永远是触手可及的，因为幸福更喜欢现在进行时。"

这些年来，每当我要懈怠地随手抛掷时间，每当我要抱怨生活中的某些不如意时，我的眼前常常会浮现出珍妮那微笑的面庞，想起她那简单的人生赠言：幸福，是现在进行时，需要热诚而智慧地把握。

没错，过去的幸福，已经是定格的风景，只能留给回忆了；而未来的幸福，还在遥遥的路上。唯有眼前的一切，才是最真实的，才是最值得加倍挖掘的。聪明的人，懂得从今天的一点一滴中发现、创造和享受幸福，懂得把梦想的幸福，经由"努力珍视的现在"，变成未来美好的回忆，懂得品味持久而真实的幸福……

　　拥有相濡以沫的爱情，必然拥有无上的幸福，即使生活中有再多的坎坷，也会相依相爱着从容走过。

相濡以血

　　一对喜欢攀岩的中年夫妻，不幸双双坠入荆棘密布的沟谷。遍体鳞伤的妻子醒来时，发现自己的腿已摔断，疼痛得无法挪动。近旁的丈夫则还在昏迷中。她急切地呼唤着丈夫的名字，想搬开卡住他的两块巨石，但没有成功。

　　在这远离人烟的山谷中，两个重伤员只有企盼被幸运救援。妻子脑海里绝望的念头只一闪，便打消了。因为她的手感觉到丈夫的心脏还在跳动，她忙替他包扎好几处流血的伤口，然后将他的头揽在怀里，面颊紧紧地贴上去，一声声轻轻地呼唤着。

　　许久许久，丈夫的喉结动了一下，口里发出"水……水……水……"的召唤。可是他们身边连一滴水也没有啊，她急得嘴唇都咬破了。

　　忽然，她有了办法，赶紧使劲儿将自己的食指咬破，把它伸入丈夫的嘴里，让他吮吸她那滴血的食指。

　　那是世间最感人的一幕：空寂的沟谷中，一对生命垂危的夫妻相拥在一起，妻子殷红的鲜血一滴滴地流入丈夫体内，将走近的死神一次次地驱赶……

疼痛中，妻子抓起身旁的一株青草塞到嘴里，牙关紧闭时，一丝草汁竟让她欣喜万分。她开始不断地咀嚼青草、树叶，储备生命的能量，她知道只有自己坚持下去，丈夫才有生还的希望。

当食指再也吮不出血时，她又毫不犹豫地咬破了中指，塞到丈夫的口中。

两天后，一位老猎人救了他们。

当丈夫得知妻子那特殊的救助方式时，他跪倒在妻子跟前，捧着那双他无数次牵引的娇柔的小手，滚烫的泪水大滴大滴地落下……

那是一对让人肃然起敬的夫妻，他们不仅在困境中创造了生命奇迹，而且将爱情演绎得如此真挚、如此炽烈。毋庸置疑，拥有这样相濡以沫的爱情，必然拥有无上的幸福，即使生活中有再多的坎坷，也会相依相爱着从容走过。

这就是教育的威力——不仅仅在于传递知识、开启心智，还在于塑造心灵，让即使十分卑微的生命，也迸发出耀眼的人性光辉。

教育的威力

那是一个极为闭塞的山村，由于令人难以想象的贫穷，好不容易分来的几个老师都很快调走了。时间一久，许多被艰难生活熬苦了的村民，也开始对教育变得麻木了，那座破烂不堪的学校更加破烂了，仅剩本村的一个瘸子在教孩子们识字。于是，恶性循环产生了：越穷越不重视教育，越不重视教育越穷。

那年春天，村里分来一个中师毕业的女孩，女孩多才多艺，课讲得很好，许多已下地干活的孩子抽空也往学校里跑。

起初，村民都以为这位年轻的女老师待不了多久也会走——因为村里人太穷了，许多孩子连课本都买不起。然而，女老师偏偏留了下来，心甘情愿地把自己的工资全贴补给了家境困难的学生。

村民们都感动地说："真是遇到了一位难得的好老师啊！"

谁也不会想到，那天大雨过后，在去家访的路上，大家敬重的女老师摔下了山崖，任孩子们如何呼唤，再也没有睁开她那美丽的眼睛。

两年后，村里考出了第一个中专生——女老师最得意的学生栓柱。

栓柱的父亲兴奋地赶到山外卖了血，请全村人喝了一顿高粱酒。去省城读书前的那些日子里，全村人眼里都对栓柱流露出无比羡慕的目光，大家嘴里说的和心里想的一样：栓柱的双脚已经迈出了穷窝窝，再也不用回来受穷受苦了。

但谁都没想到，三年后，中专毕业的栓柱，在大家的惊讶中，又回到依然很穷的村里来，当上了清贫的老师。父母失望地骂他，村民们纷纷困惑地摇头说他实在是犯傻。对此，他只重复了一句当年那位女老师曾说过的一句朴实的话，大家便都沉默不言了。

栓柱一生铭记的老师的那句话是——总要有人做一点儿牺牲呀。

这就是教育的威力——不仅仅在于传递知识、开启心智，还在于塑造心灵，让即使十分卑微的生命，也迸发出耀眼的人性光辉。

第三辑

藏在掌心的秘密

失败的理由可能会有许多，但成功的理由只有一个，那就是行动远远大于思想。

成功的秘诀

某广告公司以非常优厚的薪水招聘设计主管，求职者甚众。几经考核，10 位优秀者脱颖而出，会聚到了总经理办公室，进行最后一轮角逐。

总经理指着办公室内两个并排放置的高大铁柜，为应聘者出了考题：请回去设计一个最佳方案，不搬动外边的铁柜，不借助外援，一个普通的员工如何把里面那个铁柜搬出办公室。

望着据总经理称每个起码 500 多斤重的铁柜，10 位精于广告设计的应聘者先是面面相觑，不知总经理缘何出此怪题，再看总经理那一脸的认真，他们意识到了眼前考题的难度，又都仔细地打量了一番那并排的两个铁柜，有人还上前推了推外面那个纹丝不动的铁柜。毫无疑问，这是一道非常棘手的难题。

三天后，9 位应聘者交上了自己绞尽脑汁想出的设计方案：有的利用了杠杆原理，有的利用了滑轮技术，还有的提出了分割设想……但总经理对那些似乎都很有道理的各种设计方案根本不在意，只随手翻翻，便放到了一边。

这时，第十位应聘者两手空空地进来了。她是一个看似很柔弱的女孩，只见她径直走到里面那个铁柜跟前，轻轻地一拽柜门上的拉手，那个铁柜竟被拽了出来。原来，里面的那个柜子是超轻化工材料做的，只是表面喷涂了一层与外面柜子一模一样的铁漆。其重量不过几十斤，她很轻松地就将其搬出了办公室。

这时，总经理微笑着对众人道："大家看到了，这位蒋芸女士设计的方案才是最佳的。她懂得再好的设计，最后都要落实到行动上。"

如今已是该市著名广告人的蒋芸，向我讲述完这段自己当年的亲身经历后，非常自豪地告诉我："当时，那9位落选的应聘者都心悦诚服地向我祝贺，因为通过这次考核，他们真切地明白了，失败的理由可能会有许多，但成功的理由只有一个，那就是行动远远大于思想。关于成功，谁都可以拥有无数美妙的设想，但最终抵达成功峰顶的，却是那些更善于行动的人。"

在人生的旅途上，有些意外的风雨是非常自然的，只要你寻觅的眼睛没有被因挫折而生的伤感遮蔽，相信你一定会找到通向成功的道路……

跌倒的地方也有风景

那时，连自己的名字都不会写的田中光夫，在东京的一所中学当校工。尽管周薪只有 50 日元，但他十分满足，很认真地干了几十年。就在他快要退休时，新上任的校长以他"连字都不认识，却在校园里工作，太不可思议了"为理由，将他辞退了。

几经争取无效后，田中光夫恋恋不舍地离开了校园。像往常一样，他又去为自己的晚餐买点香肠。但快来到山田太太的食品店门前时，他猛地一拍额头：他忘了，山田太太去世了，她的食品店已关门多日了。

真是倒霉，附近街区竟然没有第二家卖香肠的。刚刚受了失业打击的他，情绪坏到了极点，他懊恼地踢着路上的石子。

忽然，一个新鲜的念头在他的脑海一闪：为什么我不自己开一家专卖香肠的小店呢？

这个想法让田中光夫立刻兴奋起来，他很快拿出自己仅有的一点积蓄接手了山田太太的食品店，专门经营起香肠来。

因为田中光夫灵活多变的经营方式，5年后，他成了名声赫赫的熟食加工公司的总裁，他的香肠连锁店遍及东京的大街小巷，并且是产、供、销一条龙的服务，颇有名气的田中光夫香肠制作技术学校也应运而生。

一天，当年辞退他的校长得知他这位著名的董事长只会写不多的字，便十分敬佩地打电话赞叹他："田中光夫先生，您没有受过正规的学校教育，却拥有如此成功的事业，实在是太了不起了。"

田中光夫却笑着回答："那得感谢您当初辞退了我，让我摔了个跟头后，才认识到自己还能干更多的事情。否则，我现在肯定还只是一位周薪50日元的校工。"

田中光夫的遭遇再次告诉我们一个朴素的真理：跌倒的地方也有风景。在人生的旅途上，有些意外的风雨是非常自然的，只要你寻觅的眼睛没有被因挫折而生的伤感遮蔽，继续认真地去寻找，相信你一定会找到通向成功的道路……

有魅力的，吸引眼球的，往往是特色鲜明的"那一个"，而不是几乎雷同的"那一些"。

把自己培育成一粒红绿豆

四个农业专科学校毕业的大学生，接连赶了几个人才市场，都没有找到一份合适的工作。那天，再次遭遇挫折的他们，垂头丧气地走进一家小酒店，一边喝着啤酒，一边宣泄着满腹牢骚，甚至后悔自己当初进错了校门，选错了专业。

这时，一位穿着一身名牌、神态悠然的年轻人，走到他们面前，微笑着问他们："你们觉得自己很有才华，是吗？"

"那当然了，最起码我们是专业合格的大学生。"一个学生毫不含糊地说。

"大学生遍地都是，才华不是靠嘴上说的，得靠行动来证明。"年轻人边说边拉过一把椅子坐下来。

"可那些用人单位连让我们证明的机会都不给呀！"一个学生抱怨道。

"那是你们还不够优秀，还不够出类拔萃，还没达到让人家一眼就看出水平的程度。"年轻人说着，随手打开自己携带的黑兜，抓出一把饱满的绿豆，放到一个空杯子里，让他们每人从中挑选一粒。

他们满脸疑惑地各自挑了一粒绿豆，拿在手里。这时，年轻人微笑着，让他们再仔细看看手里选中的绿豆，记住它的特征。然后，又让他们把绿豆放回杯子里。年轻人拿起杯子轻轻摇晃了一下，把杯子里的绿豆全倒在桌子上，让他们找出刚才各自挑选的绿豆。

都是一模一样的绿豆，四个大学生瞪大眼睛，谁也挑不出来。这时，年轻人又从兜里掏出四粒他们从未见过的红色绿豆，扔到那一堆绿豆里面，用手掌摊了摊，问他们："能挑出我刚混进去的那四粒红色的绿豆吗？"

大学生们很轻松地就挑出了那四粒颜色醒目的红绿豆。

"那么，现在我请问你们，谁能证明自己是一粒与众不同的红绿豆呢？"年轻人收起桌子上的绿豆，给几个聪明的大学生留下这个问题，便转身离去。

后来，他们惊讶地得知那位年轻人就是省内著名的"红粮食"公司26岁的夏总经理，他靠经营系列"红色粮食"闯出了一片市场。目前，他麾下拥有员工两千多人，资产逾亿元，而他的最高学历是——初中毕业。

在激烈的竞争时代，常常会出现许多人才争抢某一份职业的现象。谁能成为一粒与众不同的"红绿豆"，让自己的才能更多一点、更强一些，谁就能在大量普通、雷同的"绿豆"中脱颖而出。

"再醒目一些，再特别一些，再超凡脱俗一些。"这是大洋彼岸的一位美国富豪的成功秘诀。渴望成功的年轻人，如果你还只是具备了一点才识便抱怨自己怀才不遇，不妨扪心自问几遍：你是一粒醒目的红绿豆吗？你会把自己培育成一粒非凡脱俗的红绿豆吗？

记住，有魅力的，吸引眼球的，往往是特色鲜明的"那一个"，而不是几乎雷同的"那一些"。

正是那一次课，让她们明白了"什么叫作敬业""什么叫作认真"等那些曾无数次空泛地谈论过的大道理。

那一课叫敬业

所有的考试都结束了，校园里开始弥漫着浓浓的离别气息。再有十几天，同学们就要挥手作别大学了。

这一天，辅导员通知同学们，《训诂学》老教授要在周六给选修这门课的同学，补一次因他生病住院拉下的课。

同学们立刻意见纷纷：都什么时候了，大家考试都及格了，谁还有心情去补课？再说了，那选修课少上一次又有什么大不了的……

周六，选修《训诂学》的三十多名学生中，只有三位女生去了教室。其实，她们也并非有意去给老教授捧场的，她们忘了补课的事，原本打算到安静的教室里聊聊天的。

老教授准时走进教室，看到只有三名没带教材的女学生，他先是一愣，俯身问明原因后，他微笑着环视了一下空旷的教室，清清嗓子，响亮地喊了一声"上课"。

仿佛面前像往常一样坐着三十多名学生，老教授跟平时一样自然而然地讲述着一个个精心准备的教学内容。他讲得非常投入，甚至有些忘情。不一会儿，他的额头上开始有汗珠滑落。

三名开始还有些心不在焉的女生，先是惊讶于老教授依然工整的板书、热情的手势和对每一个细节的耐心讲解，继而，被他的那份从容和认真深深感动了，她们不约而同地坐直了身子，认真地聆听起来。

课间休息时，三名女同学请求面色有些苍白的老教授赶紧回去休息。老教授擦着满脸的汗水连连摇头，说他还能坚持住。直到下课的铃声响起，他才如释重负地收拾好讲义，慢慢走出教室。

十年后，那三名在学校读书时表现平平的女生，很快都脱颖而出，在事业上卓有成绩，成为那届毕业生中的佼佼者。

同学聚会时，面对大家羡慕和赞叹的目光，她们一致深情地回忆起在大学里补上的那一次课。虽然她们已记不清老教授所讲的内容，但老教授抱病面对三名学生时那份平静、那份声情并茂的投入，却深深地铭刻在了她们的脑海里。正是那一次课，让她们明白了"什么叫作敬业""什么叫作认真"等那些曾无数次空泛地谈论过的大道理，并由此深深地影响了她们对事业及人生的态度和方式。

是的，那刻骨铭心的一课就叫——敬业。只是在多年以后，许多同学才在懊悔和遗憾之余，将其间接地补上。

　　她哪里会看手相，不过是巧妙而自然地在我那一度黯淡的心灵上，贴了一枚催我奋进的红色标签，让我年轻的心中升起一股昂扬向上的热望……

藏在掌心的秘密

　　那年，我从贫困的农村考上了省城的一所大学，但涌上心头的喜悦转瞬即逝，因为父母东挪西借尚没有凑足我的学费，而今后四年那一笔笔数额不小的各种花销，对我那个清贫如洗的家庭来说，无疑是一座座难以逾越的高山。再一想到自己也没有什么特别的爱好，普通得如同山路上一枚不起眼的石子，估计念完大学也不会有多大的出息，我更提不起精神了，甚至想放弃这次上大学的机会。

　　坐在去大学报到的列车上，我愁眉不展，忽然又听有人谈到高校对大学毕业生已不再像过去那样包分配了，很多学生为找一份合适的工作还要付出不小的代价，我的心更加黯然了，感觉自己前途一片迷茫。

　　而我对面坐着的两个女孩一路谈笑风生，其中一个长得很清纯、很漂亮的叫樱子的女孩，还煞有介事地给同伴看起了手相。她指着同伴手掌上那几条代表生命、事业、财富、爱情的弯弯曲曲的纹路，嬉笑着为其描绘着未来的种种情景。她那副认真的模样，连周围的乘客都受了感染，纷纷伸手让她看看，她也爽快地有求必应。听着她那一段段让人不禁浮想联翩的开心的预言，一时间，车厢里笑语盈盈，旅途的寂寞一下子被冲淡了许多。

忽然，樱子主动提出要给我看看手相，帮我预测一下未来怎么样。

我忙摇头不想让她看，因为我不大相信樱子的预测真的那么准确。但禁不住她的同伴那一遍遍"她算得可准了"的劝解，再加上跟前几位乘客的热情鼓励，我有几分难为情地伸出了左手。

樱子轻轻地托起我那因干过许多农活而显得有些粗糙的手掌，很认真地拂一拂上面的纹路，比给别人看时更仔细地端详起来。她的那份郑重其事，让我有些感动了，不禁觉得她绝对不是在做简单的算命游戏，心里开始有几分相信她的预测能力了。

樱子指着我手掌上那一条条纵横交错的纹路，开始慢条斯理地为我指点迷津。她说我年轻时生活较清苦，家庭负担较重，命运在今年有了转折，但还需要经过一番磨难，此后我将赢得一份令人尊重的事业，还会拥有幸福的爱情……总之，我将在饱尝许多艰苦后，品味到人生的幸福。

她始终微笑着为我条分缕析，让我不由得暗暗佩服她有的地方说得真的很准确，也很有道理。一时间，我幽闭的心田仿佛吹过一缕清新的风，我陡然感觉：原来一切并非像自己想象得那样糟糕，根本没有必要自卑，更不必消沉下去，因为美好的未来正在向自己召唤呢。

带着愉快的心情，我开始了充实的大学生活。除了在校外打工，我几乎把所有的业余时间都交给了书籍。功夫不负有心人。大三那年，我设计的多功能感应器在全国大学生"挑战杯"科技大赛中获得了一等奖，慧眼的厂家立即出资十万元买下了我的发明专利。接着，某大公司又为我投资数百万元，给我提供了一个良好的科研环境，让我担任某重要项目的开发负责人。还没毕业，我就已是不少记者追访的校园名人。

大学里的最后一年，我惊讶地发现了当初在列车上为我看手相的樱子，竟然和我是校友，还是外语系的高才生，与我同在一个年级。

那天，我兴奋地感激她当初手相看得真准，给我不断进取提供了很大的动力。她莞尔一笑："没错，当初我给你看手相时是最认真的，也是最准的。时间会告诉你，还有许多比我那会儿说得更迷人的前景在前面等你呢。"

"是吗？谢谢你的预测，如果没有你当年的那一番话，我恐怕至今还是一个默默无闻的小人物。"我由衷地向她致谢。

数年后，我和樱子牵手走过了幸福的红地毯。沉浸在令人羡慕的事业、爱情双双成功中的我，不禁再次问她："你当初跟谁学的看手相技术，怎么看得那么准？怎么一眼就看出了藏在我掌心的秘密？"

她轻轻地一点我的脑门，嗔怪道："你是真不明白还是假不明白？亏你还是个搞科研的人才呢，难道你也相信手上的那几条弯弯曲曲的纹路，就能预言一个人一辈子的命运？"望着樱子狡黠的微笑，略一回想当年的情形，我恍然大悟：原来，聪明的樱子哪里会看什么手相，她不过是巧妙而自然地在我那一度黯淡的心灵上，贴了一枚催我奋进的红色标签，让我年轻的心中升起一股昂扬向上的热望……

没错，慧心的樱子凭着她的聪颖，告诉我也告诉更多的人：每个人手上的纹路并不预示命运，但每个人如果能够把成功的渴望与信心紧紧地握在手中，并坚持不懈地努力奋斗，相信我们期待的好运终有一天会降临到自己的头上。

道理再简单不过了：所谓的命运，不过是我们操纵人生的态度和方式所得到的必然结果。人生的成功与否，很大程度上取决于我们握住了怎样无敌的信念，以及为此付出了怎样执着的艰辛努力。

只有把生命的根扎得更深、更牢，才能汲取更多的营养，才能长成长久葱郁的参天大树⋯⋯

不要省略了泥土

林业大学园艺学专业毕业的陈凯，在一位朋友的父亲的"特别关照"下，扔掉了专业，进了省教育厅招生办，做了一名小有实权的科员。他在那个位置上顺顺当当地干了四年，没有大业绩，也没有大过失，很逍遥地打发着岁月。然而，在一个春天的某个清晨，他被突然告知：因机构精简，他下岗了。

尽管他有一点儿心理准备，但事情真的降临到自己头上，他还是有些慌乱。此时，他找不到更强硬的社会关系荫护自己了，早已习惯了在机关清闲地混日子的他，不知到哪里再寻一份更好的工作。在拥挤的人才市场转了一大圈后，他觉得自己今后的路一片黯淡。

几番求职无着，他神情沮丧地带着难以掩饰的失意，落魄地回到了老家——北方一个偏远的林区小镇。

清晨，坐在自家小院子里，他跟在木材加工厂干了一辈子的父亲感叹：都怪自己没有社会背景，又拿不出太多的钱送礼，等等。言外之意不是自己无能，而是没有某些世俗的"求职硬件"。

父亲摇头道："当初你考大学，不是凭着自己的本事上去的吗？"

他争辩道："那确实是平等竞争，可现在……"他列举了自己当初进教育厅的实例，告诉父亲："有很多时候，文凭、才学是抵不过关系、金钱的，我若是还有过去的老关系，不仅不会下岗，还可能得到提升呢。"

听到误入迷途的儿子似乎很有道理的狡辩，父亲一脸严肃道："靠关系那算什么能耐？人活一世，关键是找到自己的位置。"说完，父亲不容分说地拉着他走出家门。

父子二人沿着坑坑洼洼的街道慢慢地朝前走着。忽然，父亲站定，用手指着一座旧房檐上的几棵青翠的榆树，问他："看到了吗？它们把根扎到了水泥缝里，长得也很精神，也许你要赞叹它们生命力顽强，但它们能长多久呢？"

没等他回答，父亲的手又指向不远处一棵明显要高大许多、但已完全枯萎的榆树说："你再看看这一棵，它也曾让很多人啧啧赞叹过，可现在已彻底地死掉了，因为它省略了泥土，屋檐上根本不是它扎根的地方，注定了它只能青翠一时、风光一时。"

父亲扔下正发愣的他，转身走了。望着父亲阳光中挺直的背影，默默地咀嚼着父亲那掷地有声的话语，他的目光再次投向屋檐上那棵枯萎的榆树。他猛然醒悟：父亲平淡的话语中透着深刻的哲理——即使生命力再顽强的一粒种子，也不能省略了泥土，只有把生命的根扎得更深、更牢，才能汲取更多的营养，才能长成长久葱郁的参天大树……

于是，他扔掉了所有的烦恼，重新捡起自己一度荒废的专业，在一番仔细的思索和考察后，他充分发挥自己的专业特长，选择了极有市场前景的盆花栽培，并很快获得了很大成功。随着城镇美化速度的日趋加快，他的事业越做越大，拥有了跨省的大公司，有了 20 多个大型花卉培育基地，优质产品漂洋过海，畅销欧美市场……

如今已是身家上亿元的他，在一次高校毕业生报告会上，以自己的切身经历，告诉那些初涉人生的学子们：一定要找准自己的方向和位置，一定要把生命之根扎到厚实的泥土中。省略了泥土，可能会生存一时，但决不会让生命之树常青……

道理极其简单：每个人都有最能发挥自己优势的位置，那些成功者，很大程度上缘于善于审时度势，找到了最佳的努力方向，让自身的优势得到了充分发挥。

כ׳

第四辑

一杯安慰

无论何时、何地，都不要忘了我们每个人都是阳光下独特的一个，每个人身上都存在着不少的亮点。

找到自己生命的亮点

一天，一个小男孩悲伤地跟新来的班主任老师诉说，自己简直没有一点长处——父母都是世代穷困的矿工，没有一点家庭背景可以值得骄傲；自己从小就生得相貌丑陋，脑袋很笨，每次考试成绩都排在后面，口齿又很笨，许多同学都不喜欢跟自己一起玩，真不知道自己将来能干点儿什么……

老师耐心地听完他垂头丧气的叙述，平静地说："我给你介绍几个人，你去见见他们，回来我再听你说什么。"

于是，他见到了这样几个人。

——一个一出生就只能坐在轮椅上的女孩，她正在快乐地弹着钢琴。

——一个盲人正哼着歌，将一盆盆姹紫嫣红的花交给不断涌来的购花人。

——一个年过七旬的老人，正哼着歌，像琢磨一件艺术品似的修着鞋。

——一个没读过中学的农村姑娘，正沉浸在自己的小说创作中，她已经出版了 5 部小说集，这部小说已经有三家出版社在争抢，而她此前曾经收到过 300 多封退稿信……

这几个人的遭遇，深深地打动了小男孩。再次回到老师那里，精神振奋起来的他激动地大声告诉老师："我知道了，与我所见到的那几个人一样，我也有着属于自己的亮点，只是我以前从来没有发现过。现在我知道自己不应该悲观，而应当去努力奋斗，去实现自己的梦想。"

老师欣慰地笑了，说："孩子，你说得非常正确。其实，上帝是公平的，它赋予每个人一些亮点和暗影，问题是我们不要总是拿别人身上的亮点，同自己身上的暗影相比较，而忘了去寻找到自身的亮点，那样只能是越比较越灰心，以致心灵终日沉迷于暗淡之中，没了向上的朝气，没了积极的进取，最终让自己的一生少了许多本该拥有的斑斓……"

后来，那位小男孩好像完全变成另外一个人，他不再自卑，不再落落寡合，而是满怀热情地投入到生活之中，他的学习成绩在不断提高，在大庭广众面前也敢于大声讲话了，许多同学也都开始喜欢他了……

道理是再简单不过了：无论何时、何地，都不要忘了我们每个人都是阳光下独特的一个，每个人身上都存在着不少的亮点，都需要我们去细心地发现，让那一个个亮点像灯盏一样照亮心灵，照亮我们注定不应该暗淡的人生。

如果遮住了心灵，即使面对再精彩的生活，也会熟视无睹。

精彩的是心灵

毕业那年，五位同学受学校推荐去报社应聘，结果唯有他落选。

那四位同学进了报社后，彼此默默地展开了竞争，每个人的发稿量均在报社中名列前茅，且多有颇具影响力的佳作。

这时，在某中学教学的他，落寞地连连感叹：命运没有给他那样的机遇，否则，凭他的文学功底，丝毫不会逊色那四位同学的。而现在他只能待在校园这方狭窄的天地里，自然难以接触到大千世界里那些丰富多彩的人生了。

一日，他陪记者去大山深处采访一位剪纸老人。他惊讶于那位一生未曾走出大山又不识字的老人高超娴熟的技艺——只见他随便拿过一张纸，折叠几下，剪刀如笔走龙蛇，眨眼工夫，便变魔术般地完成了一幅精致的作品。精巧的构图、顺畅的线条，形态万千，那样自然、巧妙，又那样美观、大方，让他和记者看得都呆了。

他禁不住问老人："你几乎足不出户，怎么能够剪出这么漂亮的图案？"

老人笑笑说："因为我心里有啊，心里有个精彩的世界，才能在手上表现出来呀。"

他怦然心动：原来，自己总以为只有面对精彩的世界，才能有精彩的创造。殊不知如果遮住了心灵，即使面对再精彩的生活，也会熟视无睹。

此后，他怀着一腔热情边教书、边写作。他精美的文章频频地出现在各类报刊上，他利用寒暑假采写的纪实作品也连连获奖。

数年后，他又考取了研究生，成为一所高校里颇受同学敬佩的副教授，还是国内颇有名气的自由撰稿人，其名气早已远远超出那四位当初让他羡慕不已的同学。

那个秋天，我和我的许多同学正为大学毕业后工作无着或不理想而苦恼，他给我们讲完自己的这段经历后，整个教室里响起了雷鸣般的掌声，大家真正读懂了黑板上的六个大字：精彩的是心灵。

那一枚枚充满关切、充满激励的红色标签，会给心灵送去神奇的力量和无畏的勇气，会让许许多多的奇迹诞生……

贴一枚红色标签

升入初中时，我的作文依然写得一塌糊涂。即使绞尽脑汁拼凑出一篇自以为像点儿样的文章，到了老师那里，也会换来诸如"中心不明确，材料庞杂，层次不清晰，语言啰唆"之类的批语，让我更怕上作文课了。

初二时，年轻、漂亮的孙老师做了我的语文老师，听说她在大学读书时就是一位才女呢。

孙老师布置的第一篇作文题目是"我爱……"。我洋洋洒洒地将自己喜爱的许多事情，一股脑地都搬进了作文，末尾还连着用了三个省略号，以表示我爱的东西还有许多许多。

没想到，作文讲评课上，孙老师竟在班上朗读了我的作文，还夸赞我的作文有真情实感，不造作，思路也很开阔。那一刻，我真是激动极了。要知道，我的作文一向是给同学们做"反面教材"的，能得到写作上很有名气的孙老师的夸奖，实在出乎我和同学们的意料，我甚至一度怀疑自己的耳朵是不是出了毛病。我还看到不少同学怀疑的目光，但千真万确的，是老师真的当众表扬了我的作文的成功之处。

拿到作文本时，我看到孙老师用红笔将我的那些错别字和病句都一一更正过来了，还写了密密麻麻的批语。其中有几句话让我终生铭记："看得出你很有激情，只要多读书，多练笔，你一定能写出很优秀的文章……"

啊，孙老师都说我能写出优秀的文章了，原本对作文已泄气的我，顿时受了莫大的鼓舞。此后，除了完成老师布置的作文，我还主动写了不少文章。每次，孙老师都会从我的文章里面找出那么一两条优点加以肯定，当然，她也直言不讳地指出其中的不足。

经过一段时间的训练，我的作文成绩有了明显的提高，更重要的是，我竟然爱上了写作，并如愿地考入了大学中文系。经过大学四年的磨炼，我的文章开始陆陆续续地见诸报刊，在各类征文比赛中也频频获奖。毕业三年后，我凭着厚厚一摞子作品，加入了省作家协会，成为我们班级的第一位作家。

极其偶然的一天，在一本散文选刊上，我读到了孙老师写的那篇文章——《给学生贴一枚红色标签》，我才恍然大悟：原来，孙老师当年从我那写得很一般的文章中，寻找出一点亮色，加以圈点，是要点燃我的写作激情，让我从自卑中抬起头来。她那充满期待的话语，无疑是贴在我心灵上的一枚红色标签，火炬一样照亮我前行的路程。

在我们每个人的成长岁月里，多么需要那样一枚枚充满关切、充满激励的红色标签啊，它会给心灵送去神奇的力量和无畏的勇气，会让许许多多的奇迹诞生……

仰起头来，你和大家一样，没有什么可自卑的，要相信，其实你也拥有一道美丽的风景。

相信你也拥有一份美丽

刚考入中专那会儿，我感到自己实在是差劲透了：个子很矮，相貌几乎可以用丑陋来形容，性格木讷，众人面前不敢说话，一开口就脸红，学习成绩也不好，尤其是英语，可能是班上最差的一个了。

每每看到别的同学口若悬河地讲述着天南海北的趣闻轶事，常恨自己孤陋寡闻；每每看到别的同学写得一手好字或好文章，更是羡慕不已；运动场上，也没有我活跃的身影。除了喜欢偷偷地写一些拿不出手的诗歌，和我那些优秀的同学相比，我实在找不出自己哪怕是很小的优点。

于是，原本就很自卑的我，更加自卑了。虽说同学们对我并没有流露出丝毫的歧视，可我还是愿意独来独往，不喜欢跟同学们在一起，生怕显出我的窝囊劲儿。我最好的朋友是书籍，我把更多的时间交给了图书馆，交给了教室，只有徜徉在那些精美的文字中间，我才能找回一些自信。

中专生活中的第一个元旦来临了，同学们都在高高兴兴地准备着晚上的联欢会，我却跑到街上转了整整一天。天黑了，还不想回校，我怕那种热闹的场合，怕自己丢人现眼。沿着长街，一个人慢慢地朝前挪着如灌了铅的双腿。寒风中飘着星星点点的雪花，我愈加感到有种说不出的寒冷，心压抑得如一片巨大的阴云。

刚回到宿舍，班级的文艺委员于燕就来了。她是我们年级最漂亮的女孩，能歌善舞，学习也好，性格开朗，待人热情。若形容她是白天鹅，那我连丑小鸭都算不上。见到我，她笑着说："大诗人，你藏到哪里准备节目去了？快走，大家正在班级里等着你出节日呢。"

等我？我赶紧撒谎说自己身体不舒服，不想去了。她说："这可是我们中专里的第一个元旦，终生难忘呀。"说着，目光中充满期盼地望着我，我的脸霎时又红了。

"走吧，你肯定不会让大家因缺你一个而感到遗憾的。"说着，她拉起我的手就走。

被于燕牵着走进教室，同学们向我报以最热烈的掌声。像约好了似的，没有一个人问我为何迟到，只是争着把苹果、香蕉、糖块等好吃的东西，一股脑地堆到我的面前。那一刻，我的眼泪不争气地流出来了，我赶紧用袖子抹去。

"下面请我班的诗人给大家表演一个节目。"于燕的话音一落，大家便使劲地鼓掌。我站起来，讷讷道："我……我……我真的没什么给大家表演的，真的……"

"阿健，来一个，来一个。"同学们大声地喊着，我看见于燕正微笑着朝我点头，那充满勉励的目光在示意我：别让大家失望。

情急中，我说我给大家朗诵一首诗吧。大家拍掌叫好。我开始朗诵自己写的一首短诗。这是我第一次在大庭广众下出节目，紧张得我磕磕巴巴，很熟悉的一首小诗，叫我读得一点儿美感也没有了，可是同学们还是很慷慨地赠给我热烈的掌声。于燕还真诚地说："不错，真的不错，让我们预祝阿健成为未来的大诗人。"她的话音未落，大家又是一阵啪啪的掌声。

接下来，是同学之间互赠礼物，方法是前20号抽签，和后20号互赠。我抽出一张签，"31号于燕。"班长大声宣布。于燕走过来，笑道："很荣幸和未来的诗人交换礼物，送你一个日记本，愿它能记下你的梦想。"接过那个很精致的蓝封皮的日记本，我回赠给她一本席慕容的诗集。

于燕忽然想起了什么似的，拿过她刚递给我的日记本，坐到一边，拿笔在上面飞快地写起来，并告诉我回去再看。

热闹的元旦联欢晚会结束了，回到宿舍，我赶紧翻开于燕送的日记本，扉页上是这样几句赠言："仰起头来，你和我们大家一样，没有什么可自卑的，要相信，其实你也拥有一道美丽的风景。"

默默地品味着这几句话，我不由得想起了一位名人曾这样说过："你独特的优秀，是别人无法替代的。"是啊，纵然自己很多方面不如他人，也没有理由自卑，至少我还能发现自己的不足啊。那么，现在最重要的，该是怎样去把自己的那道风景变得更美丽。

此后的日子里，我真的仰起头来，自信地面对众人，像于燕说的那样，在心里告诉自己：和别人一样，我也拥有一份美丽。生活中，自己也像换了个人似的，一切都变得轻松起来，许多原以为自己做不了的事，认真去做，居然也做得像模像样。我蓦然发觉：原来自己并非像想象的那样一无是处，相反，自己还有着很大的潜能啊。

很快，一向笨嘴笨舌的我，经过一番磨炼，竟以出色的口才当选了校演讲协会会长，我的文章也纷纷地见诸报端。我结交了全国各地很多笔友，还被好几家校园报刊聘为特约编辑呢。面对一个个骄人的成绩，我更加感激于燕同学的赠言：相信自己真的拥有一份美丽的风景。

很多时候，往往只需一句简单而真诚的话语，便会温暖一颗孤寂的心灵，并由此诞生许多美好的结局，甚至是人间的奇迹。

一杯安慰

那是 20 世纪 60 年代一个炎炎夏日的午后，在纽约郊外的一棵大树下，勤快的安德鲁正悠然地整理着农具。他是一个孤儿，受雇于这里的农庄主已经有两年多了，他很满意自己的这份十分辛苦的工作，烈日也没有影响他愉快的口哨声。坐在那里，他一次次地张望着前面那大片金黄的麦田，心中充满了一份巨大的成就感，仿佛那即将到来的丰收完全属于他自己，完全忘却了自己只是一个卑微的打工者。

不知何时，一位老者蹒跚着从安德鲁面前走过。老者目光呆滞，神情抑郁，似乎揣着许多难言的心事。

"多好的阳光啊！"安德鲁不禁冲着老者喊道。

"是吗？我讨厌这样叫人心烦的烈日。"老者烦躁地回敬道。

"先坐下来歇息一下吧！"安德鲁热情地邀请老者。

老者迟疑了一下，还是默默地接过安德鲁递过来的一个马扎，缓缓地坐到了树荫里。

"来一杯清凉的山泉水吧。"安德鲁拿起身边的水桶，热情地给老者倒了一杯水。

老者轻轻抿了一口水，眉宇舒展了一点点。

"怎么样？凉爽吧？这可是地地道道的山泉啊。"安德鲁得意地向老者讲述起自己如何走遥遥的路、爬高高的山，才打回来如此甘甜的泉水。

老者似乎被安德鲁的话打动了，不禁又品尝了几口水，然后轻轻地点点头，但没有做任何的评价。

"这样强烈的阳光，庄稼长得才快呢。老伯，您说对吧？"安德鲁又满怀热情地向老者介绍起眼前那一片自己侍弄的庄稼。

"那些都是你自己的吗？"老者平静地问道。

"都是我帮主人种的，不过，那又有什么关系呢？那可都是我的劳动成果啊，只那么看着，就叫人心里很舒服，就像喝着甘甜的泉水。"安德鲁一脸毫不掩饰的自豪。

"小伙子，谢谢你的水，你会收到一份丰厚的报酬的。"老者喝掉了安德鲁送上的一杯山泉水，起身朝山下走去。

第二年春天，安德鲁收到了一封陌生的来信。来信人告诉他：去年夏日曾喝过他一杯泉水的老人，原本因儿女骤然遇难、自己又身染恶疾而一度心灰意冷，准备将自己的几个农庄全部卖掉，捐给慈善机构后辞别人世。但那个炎热的中午，安德鲁那一杯清凉的水和他的乐观、热情，宛如一缕清风，拂去他心田的阴云，他决定好好地经营自己未来的日子，不管病魔留给他的时间还有多长。

这一年的冬天，安德鲁再次收到老人的来信，里面还有一份经过公证的遗嘱。老人将自己经营了一生的上万亩的农庄，全都无偿地赠给安德鲁，因为他相信安德鲁会让那大片土地生长更多的希望。

安德鲁果然没有辜负老人的期望，数年后，他成了美国赫赫有名的"粮食大王"。就这样，一杯普通的山泉水，竟改变了一个人的命运。就像很多时候，往往只需一句简单而真诚的话语，便会温暖一颗孤寂的心灵，并由此诞生许多美好的结局，甚至是人间的奇迹。

还有一个经典例子，说的是一场突如其来的大雨，让一位老妇人走进了一个很小的店铺避雨。老妇人正有些过意不去地搜寻着想买点什么东西时，一个小伙子递给她一把椅子，并微笑着安慰老妇人："夫人，您不必为难，只管坐着休息就是了。"老妇人感激地坐了两个小时，雨过天晴后，她向小伙子要了张名片后离去。

不久，好运降临到了这位名叫菲利的小伙子的头上：一封突如其来的推荐信，将他推荐到一家大公司担任了重要的职务，并由于他一贯的踏实与诚恳，使他很快成为仅次于"钢铁大王"卡内基的亿万富翁。

当年大力推荐菲利的人，正是他当初送上一把椅子的那位老妇人——卡内基的母亲。

事情就这么简单：往往只是由于一点小小的帮助、一次小小的关心、几句真诚的问候，甚至仅仅是一个阳光灿烂的微笑，因为有了爱意的充盈、抚摸，那温暖、温馨、美好的情愫便千百倍地扩散开来，许许多多的奇迹，便一如春草般地葳蕤起来，蓬蓬勃勃地诞生在我们熟悉的生活中间。

谁都不会想到，当年 10 岁报童约翰的一次极为简单的演讲，竟如一粒火种点燃了许多一度消沉的心灵。

报童的一次价值不菲的演讲

那一年，由于激烈残酷的市场竞争，大名鼎鼎的凯利公司也遭遇了有史以来最为严峻的生存考验。公司的销售额急剧下降，公司财务陷入了艰难的窘境之中，一大批高级员工陆续离开了公司，剩下的许多员工也深感公司前景岌岌可危，纷纷准备选择自己的退路。一时间，公司上下笼罩着浓浓的消极悲观的氛围，似乎公司已到了濒临崩溃的边缘。

面对棘手的困境，公司总裁艾弗森别出心裁地召集员工聆听了一场极为生动的演讲。出乎众人意料的是，在这急需激励众人斗志的关键时刻，被邀请来的演讲者不是商界叱咤风云的成功者，而是只有 10 岁的报童约翰。

那场演讲的方式也极为特别，似乎不过是公司总裁艾弗森与报童约翰两人在台上进行的一番旁若无人的平淡无奇的对话，但对话的内容颇耐人寻味。

艾弗森开门见山地说："约翰，你送报纸多长时间了？"

约翰骄傲地说："3 年了，从我 7 岁那年就开始了。"

艾弗森问："送一份报纸平均能赚多少钱？"

约翰微笑着说："现在是每份报纸赚 10 美分，不包括偶尔有点小费。"

艾弗森又问道："看你整天都乐呵呵的，赚钱的路走得一帆风顺吧？"

约翰依然微笑着说："我每天都很快乐，这是真的，但赚钱的路并不大顺畅，刚开始送报的时候，送一份报还赚不上两美分，而且非常辛苦，因为在那个街区送报的人太多了，许多孩子比我大，还有一些成年人，他们做得早，也比我有经验。"

艾弗森饶有兴致地问道："那后来你是怎样击败竞争对手的？"

约翰不无得意地告诉洗耳恭听的艾弗森："不是我击败了竞争对手，是他们自己击败了自己，看到送报赚钱难，他们都悲观地认为送报纸肯定赚不到多少钱了，再怎么努力也没有什么前景可言了，一个个便都改行去做别的了。而我满怀希望地一直坚持下来了，并且把这份工作干得越来越好、越来越赚钱了。"

艾弗森有些疑惑地问："约翰，你从没有想过要换一样赚钱的工作吗？"

约翰坚定地说："没有，因为我做律师的祖父告诉过我，成功最大的秘诀就是坚持到底，即使在我每周只赚 3 美元的那些日子里，我也没想过要换一份工作，我一直坚信自己能够赚到我希望多的钱。果然，现在我实现了自己的愿望，除了自己亲自送报，还雇了 5 个帮手，把送报的区间和客户扩大了许多。

目前，我正筹备成立一个送报公司，准备尝尝当老板的滋味呢。"

艾弗森面带赞赏地追问："当年和你一起送报的那些人当中，现在有比你赚钱更多的吗?"

约翰骄傲而果断地回答："没有，他们中倒是有好几个人很后悔当初没有像我那样坚持下来，其中有两个现在已成了我的得力帮手。"

这时，艾弗森总裁激动地站了起来说："谢谢你，约翰，你今天给我们做了一次极为精彩的演讲。"说着，他递过一张1000美元的支票。

约翰有些惊讶地说："您付给的报酬多了，我只不过随便说说我的真实经历而已。"

艾弗森总裁赞赏地抚摸着约翰的头说："孩子，我相信，你今天这番演讲的价值，要超过我所支付报酬的一万倍。"

艾弗森总裁转过身来，面对全体员工，情绪激昂道："小约翰用自己鲜活的经历告诉我们，商场上的竞争无处不在，最终的胜者，不一定需要具备多高的智谋，有时，只需要保持一份良好的心态，保持一份坚持到底的坚定信念……现在，我希望大家能够像约翰当年那样，抬起头来，我们团结一心，微笑着跨过眼前这道难关。"

此后，深受激励的员工们焕发出极大的工作热忱，以超乎寻常的团结进取的积极心态，使凯利公司很快摆脱了困境，赢来了新的辉煌。

谁都不会想到，当年10岁报童约翰的一次极为简单的演讲，竟如一粒火种点燃了许多一度消沉的心灵，让凯利公司一步步壮大成为世界上赫赫有名的跨国集团，约翰本人后来也成为英国的"报界大亨"。

"那是一次价值巨大得难以估量的演讲。"后来有人特别撰文评述艾弗森在非常时刻所做出的智慧的选择。

收藏阳光

第五辑

平凡如我辈的每个人，其实都拥有一座储量极其丰富的矿藏，最关键的是要不断地去挖掘，靠自己，也靠别人。

奇迹无处不在

1823 年，在英国南部城市威尔士的一个小城镇，一户穷困潦倒的农家，一个瘦小的女婴呱呱坠地。她不合时宜的降临，在愁眉不展的父母看来，只是让本已穷困的家中又多了一张吃饭的嘴。更让父母苦恼的是，女孩两岁那年，左脸上突然生出一颗指甲大的黑痣，让她那张本来就不大好看的脸变得更丑陋了。

来自亲人和周围人们歧视的目光，让从小自卑感便很重的女孩变得更加抑郁了，她常常久久地望着远方发呆。父母更加不喜欢她了，只让她念了四年书，便让她去一家农场做工。女孩默默地听从了父母的安排，每天除了拼命地干活，一有空闲，她就躲到一个角落里，痴迷地读着能够找到的各种书，似乎只有沉浸在书籍的海洋中，她才可以忘却生活中那无尽的烦恼。如果不是因为那突如其来的预言，她十有八九会像许多贫苦农家孩子一样，默默无闻地走过凄苦的一生。

女孩命运的改变是在她 13 岁那年的春天。一位牛津大学的当时赫赫有名的哲学家，偶然在那家农场的草垛旁，看到了正在全神贯注读书的女孩，他不容置疑地对身旁的人说："哎呀，这个小女孩双目有神，心智非凡，将来肯定是这个小镇上最有出息的人，她脸上的那颗黑痣，其实是一颗幸运星。"

"真的是那样的吗？"哲学家的预言像一块巨石，砸在了女孩父母和众人平静的心海里，他们不约而同地打量起平时谁都不愿意多瞧几眼的女孩。

许多事情就从那时突然变得奇怪起来——女孩虽然没有一下子美丽多少，但可爱了许多，众人纷纷搜寻了许多旁证，来附和哲学家的判断，以证明女孩的确与众不同。众口一词的赞赏的评语，深深鼓舞了女孩的父母，他们像拣到了金子一样兴奋起来，女孩脸上的那个讨厌的去不掉的黑痣，在父母的眼里也陡然成了一种智慧的象征。接下来，一连串的幸运降临到女孩的头上：本镇最好的学校主动免费邀请她入学，一位大农场主主动登门认她为干女儿，为她提供了最好的学习条件，并帮助她一家人走出了贫困的阴影。

"女孩是神童"的说法还在不断地向四外传播，女孩陷入了众人羡慕和激励的包围中，一天天地自信、开朗起来，笑容如阳光般灿烂。她的学习成绩一年比一年优异，还成了校园里的活跃分子，她的勤勉和组织能力在同学中间出类拔萃。女孩脸上的那颗黑痣又扩大了一点儿，但这并没有妨碍许多英俊的男士频频向她示爱，她真的由丑小鸭变成了美丽的白天鹅。

后来，女孩取得了剑桥大学的博士学位，成了当时著名的爱丁堡大学最年轻的女教授和一位很有影响的社会活动家，再后来，她还做了伦敦市的市长助理。

随着时光的流逝，几乎已没有人记得女孩卑微的出身和她凄惨的童年，人们把更多的敬慕和赞赏投给了一步步迈向更大成功的女孩。

女孩35岁那年突然病逝，许多人不禁扼腕痛惜，因为她即将被提名为皇家科学院院士。后来，一位医生道出了女孩死亡的原因——是女孩脸上的那颗黑痣发生了癌变，癌细胞侵入了脑组织里。但此时，已经没有人在意这一点了，人们到处传颂的是女孩脸上的那颗黑痣，乃是上帝赐予的象征智慧和才干的幸运星。人人都在羡慕女孩，都在渴望自己也拥有一颗那样神奇的黑痣。

灯下，阅读那位名叫圣安·玛丽娅近乎传奇而短暂的人生故事，我不禁感慨：本来只是一颗不幸的黑痣，竟然因为或许不经意的一语预言，转瞬间便被附着了一股神奇的魔力。人间的不幸，也成了向上登攀的台阶，并由此让卑微的小女孩有了辉煌的一生走向。与其说是命运无常，不如说是奇迹无处不在，平凡如我辈的每个人，其实都拥有一座储量极其丰富的矿藏，最关键的是要不断地去挖掘，靠自己，也靠别人。

在滚滚红尘中，迎着扑面而来的喧嚣的时尚和缤纷的诱惑，要清楚地知道自己的目光该投向何方，自己的脚步该迈向哪里，自己的路该怎样向前延伸。

找到自己的位置

一位少年曾豪气冲天地宣布要写一部不朽的长篇佳作，后来又热血沸腾地想要做一名最棒的歌星、做一名优秀的足球运动员、做一名学识渊博的大学者、做一名出色的外交家……他也曾为自己心中的这些远大的目标奋斗过，但直到多年后，他仍没有实现其中的一项愿望。一位老师点出了他失败的原因：没有找到自己的位置。

恍然大悟的他，靠着一份踏实与执着，后来成了当地小有名气的企业家。在总结自己成功的经验时，他说最重要的就是找到自己的位置。

是的，大山有大山的天空，小溪有小溪的土地，世间的万物都坚守在自己的那方天地里。人生亦是如此，必须找到属于自己的位置——在自己理想的世界里，播种希望，挥洒汗水，也收获成功。

找到自己的位置，就是站在滚滚红尘中，迎着扑面而来的喧嚣的时尚和缤纷的诱惑，清楚地知道自己的目光该投向何方，自己的脚步该迈向哪里，自己的路该怎样向前延伸。

找到自己的位置，就是相信自己拥有一份独特的优秀，相信执着的信念，必将把自己引向一个无限广阔的天地。

找到自己的位置，就会拂去心灵的浮躁，就会脚踏实地，就会一步一个深深的脚印，让汗水将理想的花朵浇灌得无比绚丽。

找到自己的位置，不必在意起点的高低，不必抱怨路途的坎坷，只要是在前行着，有无掌声响起，一生都将无悔无怨。

找到自己的位置，一颗螺丝钉也会久久地恪守美好的品质；找到自己的位置，一株无名小树也会撑起一片迷人的风景；找到自己的位置，苍鹰才会扇动刚劲的羽翼掠起飒飒雄风；找到自己的位置，小溪才会弹奏着欢快的乐符一路奔流。

找到自己的位置，可以是铺路的砂石，也可以是奔驰的机车；可以是案头耀眼的玫瑰，也可以是角落寂寞的小草；可以匍匐着，也可以挺立着……尽可以万千姿态，舒展生命的自然、真诚和美丽。

尤其是年轻人，更应早些找到自己的位置，是星辰就升起，是花朵就绽开，在生命的长河中，扬起自己的风帆，标出自己的航线……

人生的旅途上，能够最终领略美妙风景的，必然是那些强烈渴望登临并为之不懈跋涉的追寻者。

心灵先到达那里

在美国西部的一个乡村，有一位清贫的农家少年，每当有了闲暇时间，总要拿出祖父在他 8 岁那年送给他的生日礼物——一幅已摩挲得卷边的世界地图。年轻的目光一遍遍地漫过那上面标注的一个个文明的城市、一处处美丽的山水风景，飘逸的思绪亦随之上下纵横驰骋，渴望抵达的翅膀，在那上面一次次自由地翱翔……

15 岁那年，这位少年写下了气势不凡的《一生的志愿》："要到尼罗河、亚马孙河和刚果河探险；要登上珠穆朗玛峰、乞力马扎罗山和麦特荷恩山；驾驭大象、骆驼、鸵鸟和野马；探访马可·波罗和亚历山大一世走过的道路；主演一部《人猿泰山》那样的电影；驾驶飞行器起飞降落；读完莎士比亚、柏拉图和亚里士多德的著作；谱一部乐曲；写一本书；拥有一项发明专利；给非洲的孩子筹集一笔 100 万美元的捐款……"他洋洋洒洒地一口气列举了 127 项人生的宏伟志愿。不要说实现它们，单是看一看，就足够让人望而生畏了。难怪许多人看过他自己设定的这些远大的目标后，都一笑了之，大家都认为那不过是一个孩子天真无邪的梦想而已，随着时光的流逝，很快就会烟消云散的。

然而，少年的心却被他那庞大的《一生的志愿》鼓荡得风帆劲扬。他的脑海里一次次地浮现出自己畅快地漂流在尼罗河上的情景，梦中一次次闪现出他登临乞力马扎罗山顶峰的豪迈，甚至在放牧归来的路上，他也会一次次沉浸在与那些著名人物交流的遐想之中……没错，他的全部心思都已被那《一生的志愿》紧紧地牵引着，并从此开始了将梦想转为现实的漫漫征程……

毫无疑问，那是一场壮丽的人生跋涉，也是一场艰难得无法想象的生命之旅。他一路豪情壮志，一路风霜雪雨，硬是把一个个近乎空想的愿望，变成了一个个活生生的现实，一次次地品味到了搏击与成功的喜悦。44年后，他终于实现了《一生的志愿》中的106个愿望……

他就是20世纪著名的探险家约翰·戈达德。

当有人惊讶地追问他是凭借着怎样的力量，让他把那许多注定的"不可能"都踩在了脚下，让他把那么多的绊脚石都当作了登攀的基石时，他微笑着如此回答道："很简单，我只是让心灵先到达那里，随后，周身就有了一股神奇的力量，接下来，就只需沿着心灵的召唤前进好了。"

"让心灵先到达那里"，约翰·戈达德道出了一个令人深思的哲理：在人生的旅途上，能够最终领略美妙风景的，必然是那些强烈渴望登临并为之不懈跋涉的追寻者。是心灵的渴望，开阔了求索的视野；是心灵的飞翔，催动了奋进的脚步；是心灵的富有，孕育了生命的奇迹……一句话，欲创造人生的辉煌，需首先让心灵辉煌起来。

如此，请我们记住一位并不著名的诗人著名的诗句："目光无法抵达的远方，我们拥有心灵。"

我们要实现心中远大的目标，只需每天进步一点点，日积月累，必将赢得一个质的飞跃，创造出连自己都会惊讶不已的奇迹。

每天多领跑 5 米

高中一入学，我便报名参加了学校的体训队。因为，我早就仰慕一中那位很有名气的教体育的张卓老师，听说他培养了不少体育人才，好多名牌大学都有他输送去的弟子，而我的文化课较差，希望将来能在体育方面有所收获。

第一次集训，张老师先考核了大家的特长，我的短跑成绩是集训队的同学当中最好的，100 米、200 米和 400 米都名列第一，但出乎我和同学们的意料，张老师选了 4 个同学练短跑，却安排我去练中长跑。

我惊讶地问张老师："我的优势是爆发力强，短跑是我的强项，为什么让我去练中长跑？"

"我相信你的强项将是中长跑，只要坚持训练下去。"张老师很自信地说。

"可我的耐力不行，一超过 400 米，我就不行了。"我还想让张老师改变那让我困惑不解的安排。

"做什么事情都需要耐力，耐力是后天训练出来的，想跟着我训练，今天就开始练中长跑。"张老师不容置疑地一挥手，我只得快快地站到了中长跑队员的队伍里。

结果，那天的 800 米和 1500 米训练，我使出了全身的力气，累得气喘吁吁，仍是跑在最后面的一个。好几个同学看着我那难受的样子，同情地过去帮我向张老师求情，说我最适合练短跑了。可固执的张老师丝毫不为之所动，坚持让我继续练中长跑。

第二天，我赌气地一上场就以百米冲刺的速度玩命地跑，但很快就力不从心了，脚步明显慢了下来，双腿像灌了铅似的沉重无比，咬着牙跑到终点，我虚脱得差点儿瘫倒在跑道边。那天我只是在前 400 多米领先一时，到后来又被同学们一个个地超了过去，再次跑了一个倒数第一。

奇怪的是，当天的训练总结会上，张老师竟表扬了我，表扬我敢于争先，训练刻苦，说他没有看走眼，说我很有中长跑的潜力。他的一席话，让我一肚子的苦水更没法往外倒了。

再次训练时，张老师悄悄地把我叫到一边，告诉我："今天，你还是像昨天那样，开始就加快速度去领跑，别怕别人后来居上。你尽最大努力，看看自己究竟能领跑多少米。"

"领跑得再远，结果还得让人超出，那有什么用处？"我不解地追问。

"非常有用，以后你就会明白的。"张老师微笑着望着我。

结果，按着张老师的要求，三次测试，我都是在平均领跑 500 米左右后，被同学们陆续追赶上来并超过的。对此，张老师似乎很满意，在表扬了其他同学后，再次特别表扬了我，说我敢于领跑的精神十分可嘉，但我看到许多同学的脸上都挂着明显的不以为然。是啊，大家都知道，竞技场上，重视的是结果，不管你开始跑得多么快，还是要看最后结果的。

周末，我第一个来到运动场上，看到张老师在单杠旁做着准备活动，我走过去，想再次请求他让我去练短跑。我想告诉他，与其让我这样艰难地练看不到多大前景的中长跑，不如让我把短跑的优势再扩大一下。

还没等我开口，张老师先说出了他的并不算过分的要求："你只要坚持每天比前一天多领跑5米，3个月后，你肯定是队里800米的第一名。"

"每天多领跑5米，我就能跑第一？"我心存怀疑。

"是的，每天你多领跑5米，这对你来说，并不是一个难关。你算一算，日积月累，你是不是一直都在领跑的位置上，等到3个月后，谁再想超过你恐怕也不容易了。"

仔细一想，张老师说得有道理呀，我第一次心悦诚服地按他的要求去做了，尽管我仍是最终的倒数第一，但我已不再气馁，因为此时的我心里已开始憧憬不久后我夺冠的情景了，我真正地明白了"坚持到底"这4个字的深刻含义。

随着我领跑的距离不断扩大，我的自信心大大增强，同学们也很惊讶：这段时间里，他们自己的成绩也在明显提高，怎么还是让我领跑的时间越来越长呢？

我不无得意地刺激他们："快跑吧，再过一段时间，本人将不再提供给你们超越的机会了。"

有了危机意识的同学们练得也更刻苦了，而我要完成每天多领跑5米的任务，也必须付出很大的努力。否则，就必然是"逆水行舟，不进则退"了。

令我欣喜的是，不久，我的800米成绩已在集训队里居中上游了，能超过我的只有两名队员了。

在参加集训队两个月后的全县中学生运动会上，800米决赛即将开始了，张老师再次叮嘱我：尽可能地多领跑一段距离，以便让另外两名同学破纪录。

按张老师的策略，一上场我就开始加速，一下子就领先其他运动员10多米，而且我步伐轻松地一路领先，在全场雷鸣般的呐喊助威声中，我越跑越有劲儿，距终点不足50米时，我开始奋力冲刺，希望后面两名队友也能加速追赶超过我，实现赛前破纪录的愿望。

结果，当我第一个撞线冲过终点、打破纪录时，我的队友还被我甩下了五六米远呢。

我激动地扑向张老师的怀抱："张老师，我跑了第一名。"

张老师高兴地说："这是我早就预料到的，记得我跟你说过的，3个月后你就是这个项目的第一名，你现在是让这一天提前了。"

后来，我的1500米和3000米都跑出了全县第一的成绩。我取胜的原因非常简单：每天多领跑5米。与此同时，令我欣喜的是自己的短跑成绩非但没有下降，还有了长进，在各类短跑比赛中，也没少拿第一。我知道，这是我一直在坚持领跑的结果。

更重要的是，我还把张老师的训练方法自觉地运用到了文化课的学习上面，对那两门基础薄弱的学科，我每天多投入一点，每次考试都努力争取进步一点点，不断缩小与其他同学的差距。结果，我的总成绩逐步提高，后来我竟考入了我原来一点儿都不敢奢望的名牌大学。

接到录取通知书时，我由衷地去感谢张老师，感谢他不仅培养了我坚定的自信心和顽强的意志，还让我懂得了走向成功的秘诀。

是的，在现实生活中，若能像我当年"每天都领跑 5 米"那样坚持不懈，就能把自身的某些弱势逐步转变成优势。同理，我们要实现心中远大的目标，只需每天进步一点点，日积月累，必将赢得一个质的飞跃，创造出连自己都会惊讶不已的奇迹。

谁都没有理由拒绝阳光，因为谁都无法拒绝爱。

收藏阳光

我认识这样一位文友：他患有先天性小儿麻痹症，走路一瘸一拐的，一张有些夸张的豁嘴，让他小时候受了好多的奚落。他的家境也不大好，高中没毕业便辍学了。他换过好多种工作，但几乎都属于脏、累、苦的那种，他的婚姻之旅也是一波三折。不过，尽管如此，他却整天乐呵呵地忙碌着，周身上下洋溢着无法掩饰的快乐，好像自己就是天底下最幸福的人似的。

如今，他有了可爱的妻子和女儿，文章写得也越来越好。

在夏日的某个午后，被工作中的几件琐事搅得心烦意乱的我坐卧不安，便到街上走走，不知不觉地便踱进了他那间不大的小屋。看到他正哼着歌侍弄着那几盆挺普通的花，便一脸惊奇地问他："瞧你一天天像中了奖似的高兴，难道你就没有碰到过什么不开心的事吗？"

"怎么会碰不到呢？"他满眼爱怜地给花松着土说。

"那你为什么总是那么快乐呢？"我有些不解。

"因为我懂得收藏阳光啊。"他冲我神秘地笑笑。

"收藏阳光？"我一头雾水，大惑不解地望着他。

"是的，过来给你看看这个，你就知道了。"说着，他递给我一个书写得工工整整的日记本。

我好奇地打开日记本，看到了下面这样一些跳跃的文字：

今天，我只用两分钟就疏通了邻居的下水道，邻居直夸我是他见到的最棒的疏通工，以后要给我介绍更多的活儿。看来，掌握一门受人尊重的手艺是一件挺幸福的事情啊。

今天，收到报社寄来的8元钱稿费，给女儿买了一包跳跳糖，她高兴地跟我表白了她的理想：她长大了也当作家，也写稿挣钱。嘿嘿，我这位"作家老爸"言传身教的不错呢。

今天，在市场上碰到一个卖瓜的朋友，他非要白送我一个西瓜，实在推辞不过，我就送了他儿子两本杂志，我说我们是物质与精神交流，他很高兴，我也很高兴。看来，朋友间的馈赠，并不需要什么贵重的东西，重要的是那一份真诚。

今天，我终于学会了仰泳，是一位退休的老师傅教的。他真有耐心，足足教了我半个月，我都快泄气了，他还那么信心十足。看来，那句话说的真有道理：因为没有了信心，许多事情成为不可能。

今天，在旧书摊上只花了3元钱，就买到了苦觅多年的《楚辞通释》和《文章别裁》两本书，真是苍天不负有心人啊！

今天，春节从老家回来，忽然看到门上贴了对联和大大的"福"字，正惊喜着，看到我曾慷慨送过空易拉罐的收拾楼道的大娘过来，立刻过去道谢。原来，爱的对面，也是爱啊……

厚厚的一本日记，简洁、生动记录的，不过都是这样的一件件毫不起眼的简单、琐屑的小事，都是常常被我们很多人忽略不计的一些情景。我一时无法将它们与文友所说的"阳光"联系在一起，便纳闷地问他："这就是你收集的阳光吗?"

"是啊，这些就是温暖我生活的阳光。一有闲暇，我就会不由自主地拿出来翻翻，每一次看过，心里都有一种暖暖的感觉。"他宝贝似的摩挲着那已起了卷边的日记本。

"其实，那都不过是你耳闻目睹的一些生活中的琐事而已。"我有些不以为然道。

"是的，它们都是一些常常被人们忽略的小事、小情、小景，可它们都是真实的，都是生动的，都是触手可及的，它们以丰富多彩的姿态，在向我讲述着生活里的种种美好，它们就像和煦的阳光一样，帮我驱散心灵中的烦恼、忧郁、贫困、艰难、痛苦……"文友很认真地向我阐释着。

蓦然，我的心像被什么东西撩拨了一下：多么会生活的文友啊，他心里其实也知道生活中有许许多多的不如意，可是他懂得收集生活里那一个个感动心灵的细节，他懂得让那些温馨、愉悦的情节更多地占据心灵，懂得如何让自己更多地生活在被新奇、感激、成功、快乐、自由簇拥的天地中，从而冲淡岁月中的种种不如意，让幸福总是阳光一样洋溢在身边……

哦，我终于知晓文友之所以一直那样自信、充实、幸福的秘密了。原来，真正读懂生活的人，并不回避人生的风风雨雨，而是懂得在阳光灿烂的日子里珍惜生命，并学会收藏那些阳光一样温暖的情节，并在一次次真诚的品味中，一点点拂去那些袭向心头的阴霾、愁苦、挫折……

那天，在《中国青年》上读到一位与疾病顽强抗争的女孩的故事，在深深地为女孩的"阳光精神"感动时，我不禁再次默念起支撑女孩生命的那句格言：谁都没有理由拒绝阳光，因为谁都无法拒绝爱。是的，一个人只有心中有了绵绵的爱，才懂得珍惜阳光、收藏阳光、沐浴阳光，懂得制造阳光、播撒阳光……

毫无理由地肆意夸大自己那一点点的不幸，就像盯住了白纸上的一个墨点，让自己看不到前面的目标……

只是断了一根琴弦

在巴黎举办的一场大型音乐会上，人们正如痴如醉地倾听著名小提琴家欧尔·布里美妙绝伦的演奏。突然，正全神贯注的欧尔·布里心头一颤，他发现小提琴的一根弦断了。但迟疑没有超过两秒，他便像什么事情都没有发生似的，继续面带微笑一曲接一曲地演奏。观众们和欧尔·布里一起沉浸在那些优美的旋律当中，整场音乐会非常成功。

终场时，欧尔·布里兴奋地高高举起小提琴谢幕，那根断掉的琴弦在半空中很醒目地飘荡着。全场观众们惊讶而钦佩地报以更为热烈的掌声，向这位处变不惊、技艺高超的音乐家致以深深的敬意。

面对记者"何以能够保持如此镇定"的提问，欧尔·布里一脸轻松道："其实那也没什么，只不过是断了一根琴弦，我还可以用剩下的琴弦继续演奏啊。这就像我们熟悉的许多遭遇不幸的人生，依然可以是美丽无憾的。"

欧尔·布里睿智的回答与他的表演一样精彩，"只不过是断了一根琴弦"，向世人传递的是从容，是乐观，是洒脱，是心头不肯失落的信念，是命运在握的强者充满自信的宣言，是坦然前行的智者面对岁月中那些风雷电雨自豪的回应。

没错，在我们每个人的生命旅途中，类似断弦的事情经常会发生，但只要那人沉着、冷静，从容地面对突然的变故，他的目光不为已经断掉的琴弦所左右，他的心绪不被断掉的琴弦缠绕，而是把更多的目光投向手中的琴，相信自己的技艺，依然满怀热情地去演奏，他就仍可以继续演奏出美妙无比的乐章。失聪的贝多芬、又盲又聋的海伦·凯勒等，许许多多被上帝无意间弄断了"琴弦"的古今中外的强者，都没有被突如其来的断弦所困扰，而是更加珍惜命运赐予的一次次演奏机会，用坚强和执着赢得无愧于生命的热烈掌声。

当然，现实生活中，也有不少人因过于看重那些挫折和失败，总是难以摆脱那些不幸的阴影，进而人为地放大了悲观、失落甚至绝望，陷入痛苦的泥潭中难以自拔。在这些人眼里，似乎一根琴弦断掉了，人生便再也不可能有动人的旋律了。于是，他们在怨天尤人中一天天地黯淡了本该是光彩亮丽的生命。其实，很多时候，人们只不过是打碎了一个鸡蛋，并没有失去整个养鸡场。毫无理由地肆意夸大自己那一点点的不幸，就像盯住了白纸上的一个墨点，让自己看不到前面的目标，忘却了脚下的道路，减少了继续前行的热情和勇气。

遭遇不如意是人生中再正常不过的事情了，失学、失恋、失业等等，数不清的意料之中和意料之外的失败，随时都可能降临到每个人头上，但很多时候这都"只不过是断了一根琴弦"，无须慌乱，更无须悲观和伤感。须知：我们的手里毕竟还握着另外的一些琴弦，况且我们还有修复断弦的机会呢。只要愿意，只要肯努力，我们依然可以，也完全能够继续演绎出心中期待的旋律。就像那位哲人的忠告："上帝向你关上了门，但会向你开启另一扇窗。"没有谁能够真正地打倒你，除非你自己倒下了。

要努力地打破习惯的思维定式，在许多别人视为不大可能的地方，大胆地去尝试，去找到创新的途径。

不妨朝着树节砍下去

日本著名的围棋高手升田幸三在解释自己为何总能不断地变换棋风、在棋坛保持常胜时，曾讲述了下面这个耐人寻味的小故事。

在他很小的时候，他很敬佩有一身好力气、靠砍柴赚钱的父亲，常常跟着父亲进山砍柴。

后来，他发现有一位60岁的老伯伯也常常到山里砍柴，但他总是很悠然，来得很晚，走得很早，中间还不时地停下来歇息一会儿。令他奇怪的是，老伯伯每次砍的柴总是比父亲的要多一些。

一开始，他还以为老伯伯的斧子更锋利或者他砍的柴木质比较软，但后来，他发现父亲和老伯伯的斧子一样锋利，他们砍的是同样木质的烧柴。仔细地比较了父亲和老伯伯的砍柴方法，他才揭开了其中的秘密：父亲总是朝一处用力砍，而老伯伯是围着树砍。在遇到有树节时，父亲总是竭力避开树节，斧子却常常被卡住，而老伯伯却总是从有节的地方开始下手。

原来，在人们传统的观念中，没有节的树干比较容易被砍断，而有节的地方则不容易砍断。实际上，有节的地方虽然坚硬一些，但是更容易折断，有时找准其脆弱点，稍加用力就可以砍断。

这件事给升田幸三最深刻的启示，就是：要努力打破习惯的思维定式，在许多别人视为不大可能的地方，大胆地去尝试，去找到创新的途径。

在很多时候，我们在面对诸如树节这样的难题时，经常会自觉或不自觉地采取回避的习惯做法，而且还自以为做得非常正确，其实只需打破常规，努力一试，也许就能够找到令我们惊喜的成功。

渴望创新的人，不妨向那位老伯伯学一学，试一试把斧子砍向那看似坚硬无比的树节，砍碎那些僵化的思维模式，成功的芬芳自然会随之而来。